당신의 글은 어떻게 시작되었나요

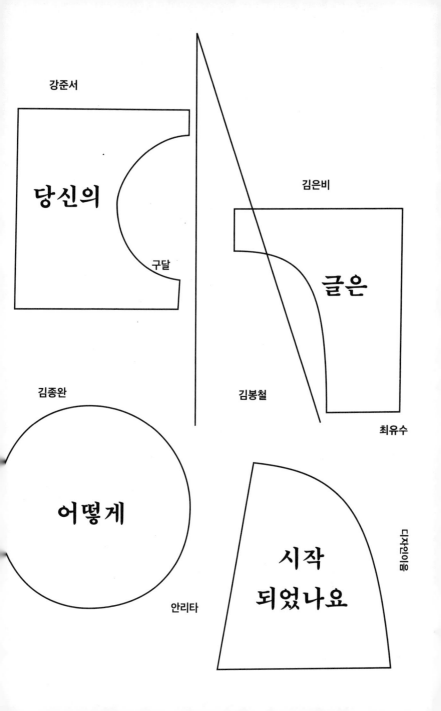

강준서

당신의

구달

김은비

글은

김종완

김봉철

최유수

어떻게

안리타

시작
되었나요

디자인이음

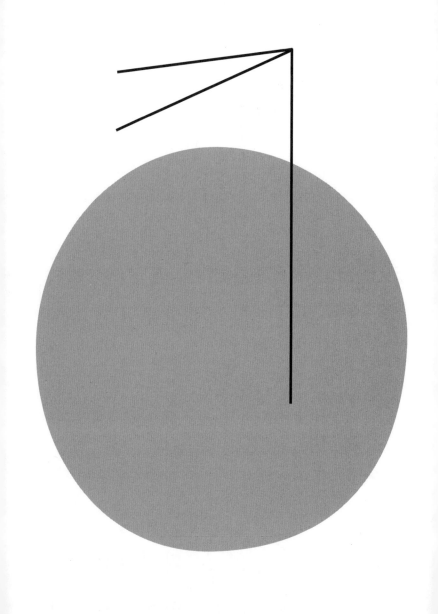

엮은이의 말

글을 쓴다는 것은 오롯이 자신을 돌아보게 합니다. 모두 잠든 새벽녘 하루의 넋두리와 스쳐간 감정들이 다 사라져버리기 전에 조금이라도 글로 남겨놓고 싶을 때가 있습니다. 한두 줄 적어가다 보면 좀 더 글을 잘 써보고 싶다는 마음이 생겨요. 자신의 생각을, 그날의 느낌을 나름대로의 방식으로 써내려갈 수 있다면 그것이 SNS든 한 편의 에세이든 삶을 풍성하게 만들어줄 것 같습니다.

이런 생각을 하는 사람은 비단 저뿐만이 아닌 것 같습니다. 출판사의 글쓰기 워크숍을 진행하면서 이런 갈망이 있는 분들이 참 많다는 것을 공감하게 되었습니다. '글의 소재는 어떻게 찾으세요? 퇴고는 얼마나 하시나요? 어떻게 하면 좋을 글을 쓸 수 있을까요?' 북토크의 질의응답 시간에는 이런 질문들이 늘 쏟아져나옵니다.

이제 글을 쓰기 시작하는 이에게 도움이 될 조언들을 일곱 명의 작가님들께 요청했습니다. 강준서, 구달, 김봉철, 김은비, 김종완, 안리타, 최유수. 독립출판으로 시작해 자신만의 색깔로 글을 쓰고 이것을 책으로 만드는 작가분들이 대단하기도 하고 또 부럽다는 생각도 들었어요. 그들은 텀블러에 기록하기도 했고 다니던 회사를 그만두기도 했습니다. 글을 쓸 때의 마음가짐은 누구보다도 진지했고 글을 쓰기 위해서는 무수한 고민들이 필요했습니다. 『당신의 글은 어떻게 시작되었나요』이 책에는 일곱 명의 작가들의 진솔한 이야기가 담겨 있습니다. 그리고 그들의 글은 큰 위로와 격려가 되어줍니다.

당신도 할 수 있습니다. 당신의 글을 시작해보세요.

편집인 이상영

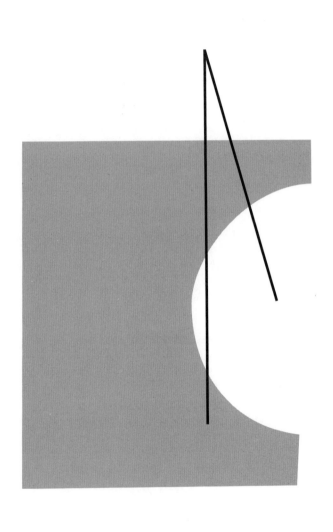

단어가 감정이 될 때

최유수

최유수

종교는 사랑. 단어가 감정이 될 때의 아름다움을 믿는다.

『사랑의 몽타주』『무엇인지 무엇이었는지 무엇일 수 있는지』『아무도 없는 바다』『영원에 무늬가 있다면』

포스터형 사진잡지 《BRETT MAGAZINE》 발행인

@yschwn

yschwn@gmail.com

감정을 쓰는 습관

아무도 열람할 수 없는 나만의 일기장을 갖고 싶었다. 그런 사소한 생각이 지금의 나를 만든 작은 씨앗이었다. 인턴을 경험하며 휴학 기간을 보내는 동안 친구들은 대부분 졸업해버렸고 나의 대학 생활은 어느새 조용히 마무리되어가고 있었다. 마음 속은 온갖 생각들로 뒤죽박죽이었지만 입 밖으로 잘 꺼내지는 않았다. 하고 싶은 말은 많았지만, 아무도 들을 수 없기를 바랐다. 남들처럼 취업을 고민하기도 했고 창업을 해보고도 싶었다. 대학원을 진학하기로 했다가 다시 마음을 바꾸기도 했다. 하고 싶은 일은 많았지만, 진로에 대해서는 쉽게 결정을 내릴 수 없었다. 나라는 사람이 아니라 내가 향해야 할 진로에 대해 고민하는 사이 내가 누군지 모르게 되어버렸다. 나 자신이 곧 내 삶의 방향이 되어야 한다는 것을 잠시 잊고 있었던 것 같다.

점점 더 나만의 섬으로 고립되어갔다. 딱히 낯을 가리거나 사회성이 떨어지는 타입은 아니었지만, 주변 사람들에게 먼저 살갑게 연락하는 타입도 아니었다. 다만 인간관계에 소홀하고 게을러서 종종 후회하고 자책하는 타입이랄까. 하고 싶은 말은 늘 많았지만, 딱히 누군가와 대화를 나누고 싶었던 것은 아니었다. 나 말고는 읽고 답할 수 없는, 하고 싶은 말을 독백처럼 남길 수 있는 일기장이 필요하다고 생각했다. 수기로 일기를 쓰는 것은 아무래도 귀찮았다. 습관으로 만드는 것이 어려웠다. 초등학생 때 쓴 일기장 열 권 정도가 책장에 꽂혀 있었지만 그것은 일기가 숙제였기 때문에 가능한 일이었다. 그냥 써야 해서 썼을 뿐이다. 평소 메모를 하는 습관이 있지도 않았고 그 흔한 스케줄러조차 사용해본 적이 없었다. 일기 쓰는 것을 습관 삼아 매일 쓸 줄 아는 사람들이 부러웠다. 내 책장에는 앞쪽의 서너 장만 끄적이다가 두 번 다시 펼치지 못한 노트가 태반이었다.

손으로 쓰는 것은 나와 맞지 않는 옷처럼 느껴졌다. 수기의 속도로는 생각의 속도를 따라갈 수 없었다. 키보드를 쓰는 편이 훨씬 더 빠르게 생각을 문장으로 옮길 수가 있어 좋았다. 왼쪽에서 오른쪽으로 글자를 하나하나 써내려가며 문장을 완성하는 방식은, 자유자재로 입력 커서를 옮기며 문장 단위로 글을 쓰는 방식을 따라갈 수 없었다. 내가 X세대가 아니라 밀레니얼 세대라는 증거일까. 하나의 문장을 쓰는 동안에도 무수히 많은 단어들이 교차하고 바로 다음 문장으로 연결되는 생각들이 불쑥불쑥 떠오르기도 하니까. 더구나 손으로 쓰면 문장을 즉시 수정하기가 어렵다. 지우고 다시 쓰고 교정부호를 넣다 보면 종이가 지저분해져 마음에 들지 않는다. 키보드를 쓰면 물리적인 제약 없이 마음껏 문장을 뜯어고칠 수 있다. 물론 손으로 쓰면 문장을 수정하는 과정을 한눈에 파악할 수 있다는 장점이 있지만 치명적인 단점을 커버하지 못한다. 문장을 쓸 때 다음 문장으로 넘어가기 전에 수없이 수정을 반복하는 편이어서 키보드가 훨씬 편했다. 어떤 일에서든 대체로 맨 처음 떠올린 싱싱한 아이디어가 좋지만 문장의 경우에는 처음 그대로보다 탈탈 뜯어고쳐 너덜너덜한 것이 반드시 더 좋았다.

키보드를 좋아하긴 해도 차마 워드 문서 프로그램으로 일기를 써 저장하고 싶지는 않았다. 마치 리포트를 작성하는 느낌일 것 같았다. 그것은 내 안의 목소리에 대한 예의가 아니었으니까. 그렇게 일기장을 찾아 헤매다 알게 된 것이 바로 텀블러(tumblr)라는 서비스였다. 2012년 가을이 시작될 무렵으로 기억한다. 친한 지인이 디지털 일기장으로 사용하고 있는 마이크로 블로그가 있다면서 추천해줬다. 당시 한국에서 텀블러는 마음에 드는 이미지 레퍼런스를 보관하는 용도로 흔히 사용되었는데, 지인의 경우에는 본래의 용도대로 블로그를 개설해 주로 글을 쓰고 가끔 사진을 덧붙여 일기장처럼 사용하고 있었다.

나중에 알고 보니 텀블러를 일기장처럼 사용하는 사람이 이미 꽤 많이 있었다.

그들은 모두 손으로 쓰는 일기장 말고 언제든지 쓰고 지울 수 있는 자기만의 공간이 필요한 사람들이었다. 서로의 글을 읽긴 하지만 적극적으로 소통하기를 원하지는 않았다. 그저 생각이 너무 많아 풀어놓을 곳이 필요했을 뿐, 누군가가 읽어주기를 바라거나 대화를 청하는 것처럼 느껴지지 않았다. 대체로 자신을 드러내지 않는 유저가 많아 익명성이 강했다. 페이스북이나 트위터 같은 SNS와는 성격이 전혀 다른 공간이었다. 다들 허공에 독백하는 투로 글을 쓰고 있었다. 그런 분위기가 마음에 들어 서비스에 가입해 내 블로그를 개설했다.

처음 2년 정도는 한 명도 팔로잉하지 않고 정말 독백하는 것처럼 글을 썼다. 가끔 사진을 올리기도 했지만 거의 텍스트를 기록하는 블로그였다. 텀블러에는 그동안 올린 글 전체를 월 단위로 구분해 볼 수 있는 아카이브 기능이 있어 성취감을 느끼기에도 좋았다. 짧으면 한두 문장부터 길어도 열 문장을 넘기지 않는 짤막한 글이 대부분이었다. 긴 호흡의 글보다는 스치듯이 떠오르는 단상들을 많이 남겼다. 졸업이 얼마 남지 않은 상황에서 불투명한 미래에 대한 불안감이 주로 글의 소재가 되었던 것 같다. 굳이 다른 사람에게 고민을 털어놓고 위로를 받거나 하는 성격이 아니어서 그런지, 차분히 키보드를 두드리며 감정을 들여다

보는 행위가 나의 유일한 배출구였던 것이다.

구체적인 대상이나 그날 있었던 사건에 대해 쓰려고 하지 않았다. 오로지 나의 주위를 배회하며 괴롭히는 추상적인 감정들에 집중하며 썼다. 하루 이틀 걸러 쓰더라도 자연스럽게 매일 나의 감정을 곱씹게 됐고, 적어도 2, 3일에 한 번은 무엇이든 썼다. 문장 속에서 나 자신을 다독여주기도 했고, 작은 계기로 자신감을 얻어 희망에 들뜨기도 했고, 부정적인 감정에 사로잡혀 절망에 빠지기도 했다. 짤막한 글 하나를 쓰고 나면, 그날의 감정 하나를 꼭꼭 씹어 소화해낸 듯한 기분이 들었다. 그런 식으로 조금씩 글을 쓰는 행위를 습관으로 만들었다. 아니, 글보다는 내 안의 감정에 집중하고자 했기 때문에 조금 더 정확히 표현하기 위해 감정을 쓰는 습관이라고 고쳐 말해야겠다.

최근 몇 년 동안 가장 많이 받은 질문들 중 하나는 하루 중 보통 어느 시간에 글을 쓰는지 묻는 것이었다. 두말할 것 없이 새벽이지 않을까. 나는 게으른 사람이어서 매일 글 쓰는 시간을 정해두고 규칙적으로 쓰지 못했다. 침대에 엎드려 누워 있을 때 휴대폰으로 자주 썼다. 낮 시간에는 대중교통으로 이동 중일 때 가끔 썼다. 가장 센티멘털해지는 시간에는 글을 멀리하는 사람이라 하더라도 무언가를 쓰고 싶은 욕구가 넘쳐 흐르기 마련이니까. 감정에 몰입할 수 있는 상황이 중요했다. 하루를 마치고 집에 돌아와 씻고 누운 새벽은 낮 시간의 잔해들을 치우는 시간이었다. 복잡한 마음을 정리하고 치유하는 시간이었다. 수업을 듣거나, 사람들을 만나거나, 일을 하고 돌아오면 온전한 나로서 존재할 수 없었던 시간들의 괴로움이 반드시 잔해를 남긴다. 나는 문장을 씀으로써 마음 한구석에 쌓여 있는 잔해를 치웠다.

또 하나는 무엇으로부터 영감을 받아 글을 쓰는지 묻는 것이었다. 이 질문을 받으면 어떻게 대답해야 할지 몰라 잠시 말을 잃곤 했다. 문장을 쓰기 위해 어떤 대상에서 영감을 얻었던 적이 많지 않기 때문이다. 내가 쓰고자 했던 것은 대체로 경험과 내면으로부터 비롯된 무형의 감정이었다. 보이는 것에 대해 쓰기보다는 보이지 않는 것에 대해 쓰고 싶었다. 존재하는 것에 대해 쓰기보다는 차라리 존재하지 않는 것에 대해 쓰고 싶었다. 누구나 접할 수 있는 보편적인 사실에 대해 쓰고 싶지 않았고, 내가 나이기 때문에 느낄 수 있는 사적인 감정에 대해 쓰고 싶었다. 누군가 다시 영감의 원천에 대해 묻는다면, 나 자신이라고 겸연쩍게 대답하며 말끝을 흐리게 될 것 같다. 그런데 아이러니하게도 독자들로부터 마치 자신의 이야기처럼 공감된다는 말을 듣곤 한다. 지극히 개인적인 감정의 표현이라고 생각했는데 사실 모두의 이야기였던 것인지도 모르겠다. 동시대의 우리가 서로 유사한 감정의 메커니즘을 지니고 있기에 가능한 것일까.

감정의 세계관

조금 더 많은 글을 쓰게 되면서, 글을 쓰는 이유에 대한 깊은 고민을 하지 않을 수 없었다. 글을 쓰는 동기가 없다면 글이 무용지물이 될 수도 있다고 생각한다. 사소할지라도 확실한 동기가 있다면 글을 쓰는 행위로부터 많은 것을 얻을 수 있다. 나의 글은 아직 글이라고 부르기도 민망할 정도의 수준이지만 내가 글을 쓰기 시작한 것은 어차피 학업적인 이유도, 직업적인 이유도 아니었다. 나의 내면에서 일어나는 여러 가지 사건들을 구체화하기 위해 쓰기 시작했다. 오직 나만이 소유할 수 있는 고유의 감정을 관찰하기 위해 쓴다. 마음은 보이지 않는다. 누구나 자신의 내면에는 타인이 들여다볼 수 없는 복잡미묘한 세계를 포함하고 있다. 나는 그 세계가 움직이는 방식에 관해서 조금 더 구체적으로 알아가고 싶었다. 내가 주인이라고 생각했지만 도무지 쉽게 통제할 수가 없는 불명확한 감정들의 실체를 파악하고 싶었다.

잠을 이루지 못하는 밤에 가만히 누워 있다 보면, 감정의 아지랑이가 뭉글뭉글하게 피어오르며 마음속을 부유하곤 한다. 처음에는 대수롭지 않게 여기며 그대로 두었지만, 그런 날들이 반복되면서 어느 시점부터는 그것을 외면할 수 없었다. 그것은 내가 알아채고 귀 기울여주기를 바라고 있다. 감정에는 형태가 없고, 바깥으로 새어나가지 않는 어떤 목소리처럼 존재한다. 불쑥 찾아와 조용히 말을 건다. 그들의 이야기를 들어줄 수 있는 사람은 나밖에 없고, 나만이 그들의 언어를 이해할 수 있다고 느낀다.

가만히 눈을 감고 이성의 힘으로만 그들의 목소리를 해석하기란 불가능하다. 나의 경우에는 글이 어느 정도 그것을 가능하게 했다. 문장은 그릇이 된다. 무형의 감정은 유형의 문장으로 담아낼 수 있다. 무라카미 하루키가 문장은 어차피 불완전한 그릇이라고 했지만, 불완전하다 할지라도 감정을 담아낼 수 있는 유일한 도구다. 나는 그저 목소리를 듣고 보다 더 정확하게 표현할 수 있는 문장으로 담아내는 일에 집중할 뿐이다. 이 세계의 어떠한 단어와 문장도 무형의 감정을 백 퍼센트 완전하게 담아낼 수 없다. 내가 할 수 있는 것은 내가 느끼는 감정의 실체에 가장 가까이 수렴하기 위한 최대한의 노력이다.

우리가 보는 세계는, 눈앞에 펼쳐져 있다고 착각하고 바로 이 현실 세계는, 두뇌로 전해지는 시각적인 정보들로 구성된 일종의 그림자 같은 것이다. 진짜 세계는 어쩌면 그림자 너머에 있고, 감정은 그곳에서 살아 움직이는 무엇이지 않을까. 우리가 일상적인 구어로 사용하는 단어의 수는 수백 개 정도로 그리 많지 않고, 매일 한정된 단어만을 사용하고 있다고 한다. 어떤 철학자는 언어의 한계가 세계의 한계라고 했다. 우리가 더 많은 단어들을 선별하여 글을 쓰지 않는다면, 우리는 고작 수백 개의 단어들만 반복해서 사용하며 평생을 살아가게 될 것이다. 그런 식으로 우리의 세계는 점점 더 좁아지고 있는 것일지도 모른다. 감정의 실체에 가까이 다가가기 위해서는, 그림자 너머에 있는 진짜 세계를 비추기 위해서는, 더 많은 단어를 말하고 써야 한다. 좋은 그릇이 되는 문장을 쓰기 위해서 끊임없이 고심해야 한다. 그래야만 우리는 우리 자신을 이해할 수 있다.

지구에는 수십억 명의 사람들이 살아가고 있고 어떤 한 사람의 내면에는 무수히 많은 감정이 존재한다. 나는 고작 그들 중 한 명일 뿐이다. 헤아릴 수 없을 만큼 다양한 감정의 세계에 대해 모든 것을 알 수는 없겠지만, 적어도 나만은 내 감정의 세계를 조금이라도 더 잘 알 수 있어야 한다. 감정의 세계관을 완성할 수 있어야 한다. 그것은 마치 소명처럼 다가온다. 매일 밤 나를 문장 속에서 하염없이 배회하게 만든다.

단어의 우주

아직 막연하고 추상적인 이야기지만, 나는 단어의 힘을 믿는다. 단어는 우리가 생각하는 것 이상의 힘을 가지고 있다. 우리에게 들려주고 싶은 이야기를 고작 몇 글자 속에 견고히 간직해 두고 있다. 그 힘에 대해 구체적으로 설명해보라고 한다면 잠시 말문이 막힐 것 같지만, 문장 속에서 단어들을 사용하면서 나는 분명히 그 힘을 느끼고 있다. 누구나 그런 대상이 있지 않을까. 설명할 수 없지만 존재한다고 말할 수 있는 어떤 것. 설명할 수 없다고 해서 존재하지 않는 것은 아니니까. 우리는 대체로 그런 것들로부터 삶의 아름다움을 경험하고 있지 않나. 글을 쓰는 지금 이 순간에도 나는 느끼고 있다. 단어의 힘은 아름답다.

이것은 강요라기보다는 예찬에 가깝다. 누가 시키지 않아도 나는 단어의 힘과 그 아름다움을 얼마든지 떠들고 다닐 수 있으며, 만약 세상 사람들이 나의 이야기를 귀담아듣지 않는다고 해도 전혀 문제가 되지 않을 것이다. 차라리 그 아름다움을 나 혼자서만 느낄 수 있다면 어떨까. 내가 생각하는 단어의 아름다움이란 모두에게 동일할 수 없고 사적인 아름다움이어서 타인과 쉽게 공유할 수 없는 것이다. 혼자서만 음미하고 탐닉할 수 있는 아름다움이라니 그것만으로도 정말 환상적인 일이 아닐까.

일상 속에서 흔히 사용되는 평범한 단어들에도 그런 힘은 반드시 있다. 우리가 단어를 별생각 없이 대한다면 단어는 우리에게 그저 껍질로서 기능할 뿐이다. 마치 일회용품처럼 아무렇지 않게 사용되고 버려지는 소모품에 불과할 뿐이다. 단어의 힘을 제대로 들여다보지 못한 채 말하고 쓰기만 한다면 끝까지 알 수 없겠지만, 단어 하나를 끈질기게 곱씹다 보면 비로소 알 수 있는 힘이 껍질 너머에 존재한다.

우리가 어떤 단어를 사용할 때, 단어는 문장 속에서 단지 사전적 의미에만 국한되어 사용되지 않는다. 단어 자체가 갖는 표면적인 의미는 공공의 약속으로 정해져 있지만, 단어는 사용되는 맥락에 따라 무수히 많은 뉘앙스로 확장될 수 있는 잠재력을 지닌다. 그것이 바로 단어의 힘이다. 문장 속의 단어가 오직 사전적 의미로서만 기능한다면 그 글은 뉴스 기사 같은 글이 되어버릴지도 모른다. 단어에는 단어를 사용하는 사람이 그동안 살아오면서 그 단어 속에 차곡히 쌓아온 많은 것이 담겨 있다.

뉴스의 일기예보에서 캐스터가 쓰는 아침이라는 단어와 매일 오전 커피를 마시며 글을 쓰는 작가가 쓰는 아침이라는 단어는 완전히 다른 뉘앙스를 풍긴다. 아침이란 단어는 나에게도 남들과 다른 뉘앙스를 풍기고, 지금 이 글을 읽고 있는 당신에게도 당신만의 뉘앙스를 풍기고 있을 것이다. 아침이란 단어뿐만 아니라 당신의 머릿속에 지금 떠오르는 단어들은 모두 저마다 고유한 뉘앙스를 갖는다. 그렇기 때문에 누구나 편애하는 단어가 생기고, 의식적으로든 무의식적으로든 다른 단어들보다 유독 더 자주 사용하는 단어가 생긴다. 단어의 세계는 삶마다 다르게 확장되고, 같은 단어도 삶마다 다르게 쓰인다. 문장을 쓸 때나 읽을 때나 마찬가지다. 그런 단어들의 연결로 만들어진 문장의 표면적인 메시지는 누구에게나 같을 수도 있지만, 문장 속의 단어들로부터 다양한 뉘앙스가 피어나기 때문에 문장은 삶마다 다르게 읽힌다.

지금 바로 좋아하는 단어를 몇 개 적어놓고, 아무도 없는 공간에 편히 앉아 충분히 시간을 들여 발음해보자. 단어가 재생해주는 이미지와 연상되는 또 다른 단어들을 차례로 음미하다 보면 시간이 훌쩍 흘러가버린다. 나아가 글자와 글자 사이, 혹은 자음과 모음을 분리하여 천천히 음미해보는 것은 또 어떨까. 어떤 방식으로든 단어의 껍질을 벗기고 파고들다 보면 지금까지는 한 번도 생각지 못한 새로운 이야기를 발견하게 될 수도 있다. 그 즉시 하나의 문장으로 발전되기도 한다. 나의 어떤 문장들은 그렇게 태어났다.

단어의 힘을 믿는 사람으로서 내 글을 읽어주는 사람들에게 전파하고 싶은 것이 한 가지 더 있는데, 바로 사전의 힘이다. 사전은 그야말로 위대한 발명이다. 단어를 고르고 사용하는 일에 예민한 사람에게 사전은 축복 그 자체다. 글쓰기를 삶의 동반자처럼 여기는 사람으로서 나는 사전을 숭상하지 않을 수 없다. 국어사전 없이 글을 쓴다는 것은 감히 상상조차 할 수 없다. 이 책의 원고를 쓰면서도 나는 습관적으로 수백 개의 단어를 사전에 검색해보았는데, 그 단어들 중에는 이미 수십 번 이상 검색해본 단어들이 섞여 있을 것이다. 그만큼 사전은 내 삶에 필수 불가결한 물건이다. 물론 서적으로 제작된 사전을 사용하는 것은 아니고, 온라인으로 제공되는 디지털 사전을 사용한다. 각종 어학 사전을 완전히 무료로 이용할 수 있다는 사실이 믿기지 않는다. 만약 매달 비용을 지불해야 하는 유료 서비스로 전환된다면 기꺼이 연간 라이센스를 결제할 준비가 되어 있다. 어렸을 때 사전을 수업 준비물로 챙겨 오라고 하면 두께와 무게 때문에 그저 귀찮기만 했는데, 그것은 사전의 가치를 알지 못했던 시절의 어리석음이었다.

글을 쓴다는 것은 여러 개의 단어를 연결하고 조합하여 문장을 직조하는 일의 반복이다. 세심하게 연결할수록 더 좋은 문장을 직조할 수 있기 때문에, 단어 하나를 선택하는 일에도 굉장히 밀도 높은 신중함이 필요하다. 같은 메시지를 표현하기 위한 문장이라 하더라도 단어 선택에 따라 전혀 다른 문장이 되기도 한다. 내가 뜻을 잘 알고 있다고 생각하는 평이한 단어를 사용할 때에도 그 단어를 꼭 한 번쯤 다시 사전으로 검색해본다. 내가 알고 있는 뜻이 조금이라도 모호하다면 반드시 사전을 검색해본후 스스로 만족할 수 있을 정도로 그 단어의 정체를 파악한 상태에서 사용해야만 직성이 풀린다. 잘 모르는 상태에서 단어를 사용하면 왠지 모르게 말하고자 하는 바가 흐릿해진다.

사전을 잘 살펴보면 굉장히 유익한 정보가 많다. 단순히 단어의 정의를 전달하는 기능에 그치는 것이 아니라, 유의어와 반의어, 그리고 관련 어휘까지 함께 파악할 수 있도록 돕는다. 무엇보다 내가 가장 유익하다고 생각하는 점은, 검증된 필력의 작가들이 그 단어를 어떤 식으로 사용했는지 확인할 수 있도록 예문을 제시해준다는 것이다. 각자의 문장에서 필요한 맥락으로 다양하게 사용하기 때문에 단어의 쓰임새를 한눈에 살펴볼 수 있다. 한글 단어는 한자어인 경우가 정말 많은데, 어떤 한자의 조합으로 만들어진 단어인지 확인해보는 것도 가끔 좋은 아이디어가 된다. 그것은 다음 문장을 쓰기 위한 영감을 되기도 한다.

하나의 단어를 다양하게 활용하는 것뿐만 아니라, 두 개 이상의 단어를 연결하여 활용하는 방식에 대해서도 이야기해보고 싶다. 나는 두 개의 단어가 서로 연결되었을 때 그 사이의 어느 지점에서 새로운 상상력이 탄생한다고 믿는다. 잘 아는 두 개의 단어여도 좋고, 쉬운 단어와 어려운 단어의 연결이어도 좋다. 중요한 것은 연결의 방식이다. 두 개의 단어 사이에는 잠재된 우주가 있다. 단어와 단어의 사이에는 새순처럼 파생하는 의미가 있고 우리는 그로부터 인식의 세계를 확장할 수 있다.

이성복 시인이 자신의 시 창작 수업의 내용을 아포리즘 형식으로 옮긴 시론집 『무한화서(無限花序)』(문학과지성사, 2015)에서 인상 깊게 읽은 표현을 하나 인용해볼까. 시인은 그것을 '각을 세운다'라고 표현한다. "시는 빗나가고 거스르는 데 있어요. 이를테면 '서재'와 '책' 대신, '서재'와 '팬티'를 연결하는 식이지요. 표현에는 각(角)이 살아 있어야 해요. 각이 낙차와 쾌감을 만들어요." 나는 시론을 모른다. 가끔 시집을 읽긴 하지만, 실은 시가 무엇인지 잘 모른다. 그러나 시인이 서재와 팬티의 연결에서 무엇을 말하고자 했는지는 어렴풋이 알 것 같다.

시인은 각이 죽어 있는 연결은 무성생식이며, 각이 살아 있는 연결은 유성생식이라고 말한다. 단어와 단어 사이에 각을 세우는 것이 활구의 길이라고 말한다. 나는 본능적으로 단어와 단어 사이의 각에서 나의 파편을 발견한다. 여전히 부끄러운 나의 첫 번째 책『사랑의 몽타주』의 제목은 그렇게 태어났다. 나의 정신적인 우주는 단어와 단어 사이에 존재하고, 그곳에서 나는 무한히 무너지고 일어설 수 있을 것만 같다. 언젠가 시를 쓰고 싶다고는 말할 수 없지만, 매일 생생한 각을 세우며 살아가고 싶다고는 말할 수 있다.

나의 파편들

글을 쓴다는 것은 철저히 혼자가 되는 일이다. 아주 잠깐이라도 오롯이 혼자가 되어 나 자신이라는 우물 속을 깊이 들여다보는 일이다. 의식적으로 나를 둘러싸고 있는 모든 것을 지우고 백지 위에 단어와 문장만을 남기는 일이다. 글을 쓸 때는 음악도 잘 듣지 않는다. 공부를 하거나 작업을 할 때는 좋아하는 음악을 듣는 것이 집중하는 데 도움이 되지만, 글을 쓸 때는 그렇지 않다. 음악을 틀어놓아도 어차피 귀에 잘 들어오지 않지만, 한 번 들리기 시작하면 쉽게 몰입이 깨지기 때문이다. 혼선이 생겨 내 안의 목소리와 멀어지는 듯한 느낌이 든다.

환경의 방해를 받지 않고 혼자가 되어야만 문장에 몰입할 수 있다. 물론 아무도 없는 골방에 혼자 처박혀 세상과 분리된 채 글을 쓸 수 있는 환경이 갖춰져야 한다는 뜻은 아니다. 과하게 소란스럽지만 않다면 카페와 같이 적당한 백색소음이 있는 공간에서도 충분히 글을 쓸 수 있다. 중요한 점은 그 공간에 나를 아는 사람 없이 홀로 있어야 한다는 것이다. 누군가 말을 걸지만 않으면 된다. 글을 쓸 때는 나 자신을 정신적으로 고립시키는 것이 도움이 된다. 단어와 단어 사이, 문장과 문장 사이에서 이리저리 헤매는 것이다. 가끔 눈앞이 캄캄해질 때도 있지만 나를 밝혀줄 빛은 늘 문장 속에 있다. 그 과정 속에서 나는 진짜 나 자신과 가까워지는 경험을 한다. 간극을 좁혀나갈 수 있음을 느낀다.

그렇게 쓴 글은 모두 나라는 존재의 파편이 된다. 삶의 다양한 국면을 지나쳐가는 동안 떨어져나올 수밖에 없는 투박한 파편들. 내가 쓰는 글은 모두 내가 어떤 사람인지를 설명할 수 있는 단서 같은 것이 된다. 시간이 흐른 다음 나의 글을 다시 읽으면, 그때의 나와 지금의 내가 함께 대화를 나누는 듯한 기분이 든다. 둘은 오직 글을 통해서만 만날 수 있다. 지금의 나는 그때의 나와는 분명 무언가 달라져 있다. 가치관과 취향, 라이프스타일 등 많은 것이 변해 있겠지만 지금의 나는 결국 지나간 모든 나의 합이다. 그러므로 글을 쓰고 스스로 읽음으로써 나라는 존재에 대해서 단계적으로 파악해갈 수 있다고 믿는다. 더 많이 쓰고 자주 곱씹을수록 내가 도대체 무슨 이유로 이 세계에 던져진 것인지 희미하게나마 실마리를 얻을 수 있다고 믿는다. 그러니까 믿기 어렵겠지만, 단어가 모이면 문장이 되고 문장이 모이면 글이 되고 글이 무수히 많이 모이면 언젠가 나라는 존재가 될 것이다.

가장 좋은 글쓰기란 자기 자신에게 솔직한 문장을 쓰는 것이라고 생각한다. 그 이상의 것은 없다. 솔직한 문장은 위대한 통찰을 담을 수는 없을지 몰라도 누구에게나 좋은 문장이 될 수 있다. 문장 속에서 발가벗고 가장 솔직해졌을 때 비로소 우리는 자아의 파편을 발견할 수 있다. 그러나 티끌 하나 없이 완벽하게 솔직해지는 일은 세상에서 가장 어려운 일들 중 하나다. 나 또한 완벽하게 솔직해지지 못하기 때문에 글을 쓰는 동안 나 스스로에게 매번 묻는다. 이 문장은 진짜 내 모습을 반영하고 있는지, 애써 포장하거나 거짓이 섞여 있는 것은 아닌지. 시간이 흘러 다시 이 문장을 읽었을 때 부끄럽지 않을 수 있는지. 이 파편들이 정말 나의 것이라고 자신 있게 말할 수 있는지.

종교는 사랑

만약 나 자신을 단 다섯 글자로만 소개할 수 있다면 뭐라고 적어야 할까? 『사랑의 몽타주』의 책날개에 나를 소개하는 글로 '종교는 사랑'이라고 짧게 적었다. 이름 외에는 사적인 정보를 아무것도 덧붙이지 않았는데, 고작 다섯 글자뿐인 무성의한 소개글이 인상 깊어 책을 구입했다는 사람들도 가끔 있었다. 이번 기회에 나를 다섯 글자로 소개해봐야겠다는 식의 맹랑한 의도가 있었던 것은 아니고, 소개글을 고민하면서 솔직히 저 다섯 글자 말고는 적고 싶은 말이 별로 없었다.

『사랑의 몽타주』를 편집할 당시에 나는 흔한 취준생이었다. 나름 치열하게 상반기 취업 시즌에 도전 중이었다. 열 곳 정도의 기업에 지원했는데 전부 서류전형에서 우수수 떨어졌다. 한 군데 정도는 붙을 줄 알았는데, 세상은 그리 녹록하지 않았다. 떨어진 것은 어쩔 수 없었지만, 직무에 맞게 나를 소개하기 위해 4,000자 분량의 자기소개서를 착취하듯 쓰다 보니 그만 신물이 나버렸다. 만약 한 군데라도 합격했다면 『사랑의 몽타주』의 소개글이 조금 더 풍성해질 수 있었을까. 나라는 한 글자를 수천 글자로 부풀린 자기소개서는 결국 휴지 조각이 되었고, 그 이상 나를 소개하다가는 날아가는 풍선처럼 공중에서 터져버릴 것만 같았다. 얼마 지나지 않아 『사랑의 몽타주』의 편집을 모두 마무리 지었고 가장 마지막 단계에 소개글을 적었다. 긴말하고 싶지 않았다. 내가 이 책을 통해 말하고자 하는 바는 이미 머리말에 다 적어버렸고, 무엇보다 이때의 나는 사랑이라는 중력에 완전히 매몰되어 있었다. 그렇게 다 내려놓고 다섯 글자를 꾹꾹 눌러 적었다.

나는 태어나서 단 한 번도 종교를 가져본 적이 없는 무신론

자다. 내가 살아가는 세계관에 신은 존재하지 않는다고 믿었다. 그러나 정말 신이 존재하지 않는다면 사랑이라는 초월적인 사건을 도대체 무엇으로 설명할 수 있을까. 신의 존재를 애써 부정하는 것이 아니라, 단지 긍정하지 않을 뿐이었다. 신을 믿지 않는 것과 사랑을 믿는 것은 별개의 문제였다. 몇 번의 사랑을 경험한 후 나는 이따금 그런 생각에 사로잡혀 있었다. 만질 수는 없지만 분명히 체감할 수 있는 사랑이, 보이지 않는다는 이유만으로 세상에 존재하지 않는 것이라고 단정 지을 수는 없으니까.

사랑은 단지 호르몬의 작용일 뿐이라는 화학적 해석 또한 나를 완전히 납득시키지는 못했다. 그것이 사랑의 본질에 대해 설명하기를 포기한 사람들의 궁색한 변명이라고 여겼다. 나는 감정의 작용과 사랑을 동일시하지 않는다. 사랑은 희로애락과 같은 일반적인 감정으로 분류할 수 없으며, 반대로 감정이 사랑에 종속하는 것이라고 생각한다. 사랑을 통해 감정을 발산하는 일은 황홀하지만 감정이라는 동력이 소진되면 사랑은 늘 새로운 국면을 맞이한다. 그때부터 사랑에서는 감정보다 의지가 중요해진다. 사랑할 수밖에 없게 만드는 감정의 차원에서, 사랑해야만 하는 의지의 차원으로 나아간다.

사랑은 나를 무력하게 만들기도 했고, 때로는 성장시키기도 했다. 사랑은 매번 나를 관통해 지나갔고, 스스로 지울 수 없는 흔적을 남겼다. 그리움으로서의 흔적이라기보다는 회상으로서의 흔적에 가깝다고 해야 할까. 지난 사랑이 나에게 남긴 것이 무엇인지를 자주 들추어보게 되었다. 그것을 문장으로 옮겨 쓴 사랑의 흔적이『사랑의 몽타주』에 수록된 글이다. 이 책에는 내가 경험한 사랑이라는 사건을 대하는 거의 모든 태도가 담겨 있다. 3년 이상의 시간이 흐른 글이기 때문에 지금은 조금 달라진 부분이 있을지도 모르지만 근본적인 기조는 변하지 않았다고 생각한다. 여전히 나에게 사랑은 나 자신의 의지로부터 비롯되고 지속될 수 있는 사건이다. 마지막까지 포기하지 않고 당신의 곁을 떠나지 않겠다고 매 순간 선택하고 결심하는 일. 이것을 하나의 단어로 함축해서 표현해야 한다면 나는 획 하나하나에 진심을 담아 믿음이라고 쓸 것이다.

초등학생 때 여름성경학교에 초대받아 동네 교회에 놀러 갔던 것을 제외하면, 내 인생에서 종교적 체험은 거의 전무하다고 할 수 있다. 비록 종교적 체험은 아니지만, 몇 년 전 당시 만나고 있던 사람을 따라 어느 교회의 송구영신 예배에 다녀온 적이 있다. 12월 31일 밤에 교회에 모여 묵은 해를 보내고 새해를 맞으며 예배를 드리는 기독교 행사인데, 아직도 그날 밤의 일을 생생하게 기억한다. 교회에 따라가는 것이 딱히 싫지는 않았다. 규모가 큰 교회여서 그런지 늦은 시각임에도 불구하고 성도들이 굉장히 많았던 것으로 기억한다. 생경한 분위기 속에서 예배가 시작되었다. 정신을 차리고 보니 교회 안을 가득 채우는 찬송가가 울려퍼지고 있었다. 꽤 긴 시간이 흐르는 동안 나는 아무 반응도 하지 못한 채 멍하니 앉아 있을 수밖에 없었다.

종교가 없는 나는 그 안에서 생전 처음 겪어보는 고립감을 느꼈다. 처음 마주하는 광경들로부터 거부감보다 당혹감이 앞섰다. 새벽에 함께 교회를 나왔고 24시간 카페에서 해가 뜰 때까지 긴 이야기를 나누며 시간을 보냈다. 내가 느낀 바를 말하고 그 사람의 믿음에 대해 들었다. 대화의 시작점이 서로 달랐기 때문에 논쟁은 피할 수 없었다. 이렇다 할 합의점을 찾을 수는 없었지만, 나는 그때의 대화를 계기로 종교와 믿음에 대한 생각을 완전히 바꿀 수 있게 되었다. 기존에는 선입견이 강했다면, 이후에는 종교라는 것을 삶을 대하는 태도의 관점으로 바라볼 수 있었다.

그의 가치관과 주변 사람들을 대하는 태도로부터 많은 것을 배웠다. 그가 종교를 대하는 태도에서 나 자신이 무언가를 믿을 때의 태도를 배웠고, 믿는다는 것의 의미를 새롭게 탐구하는 중요한 계기가 되었다. 몇 년이 흐른 지금도 나는 믿음이라는 관념을 내 나름대로 체화하여 탐구하고 있는데, 믿음 그 자체만으로도 믿음의 대상이 되는 존재를 증거할 수 있다는 것이 현재까지의 결론이다. 존재를 믿는 것이 아니라 믿기 때문에 존재한다는 것. 믿음은 결과가 아니라 원인이라는 것.

사랑이 존재하기 때문에 믿는 것이 아니라 내가 사랑을 믿기 때문에 존재하는 것이라고 뒤집어 말할 수도 있었다. 눈에 보이는 이 세계는 단지 그림자일 뿐이고, 사랑이라는 단어의 너머에는 분명히 믿음의 세계가 존재할 것이라고 말할 수 있었다. 보이지 않고 만질 수 없어도 느낄 수 있는 것이라고 말할 수 있었다. 누군가는 코웃음을 칠 수도 있는 이야기지만, 적어도 나에게는 이것이 사랑이라는 사건을 설명할 수 있는 최선의 이론이다. 그렇게 생각하고 나니 무신론자인 나에게 누군가 종교를 묻는다면 사랑이라고 대답해야 할 것 같았다. 사랑이 종교가 될 수 있다면, 나의 종교는 사랑이라고.

책을 만드는 일

이번에는 1인 출판으로 책을 만드는 일에 대한 이야기를 해볼까. 2015년부터 1인 출판을 시작해서 2018년 현재까지 총 3권의 책을 만들었다. 이번 기회에 고백하건대, 나는 아직도 작가라는 호칭으로 불리는 일에 손사래를 칠 정도로 큰 부끄러움을 느낀다. 보잘것없지만 작가로서 몇 가지 활동에 참여하고 있다 보니 어쩔 수 없이 그렇게 불려야 할 상황들을 마주한다. 늘 낯설고 도무지 적응이 되지 않는다. 그 이유를 생각해보면, 글을 쓰는 자세와 결과물이 아직 작가라는 이름으로 불리기에는 터무니없이 부족하다고 느끼기 때문인 것 같다. 3년 전 처음 1인 출판을 시도했을 때와 마찬가지로, 여전히 나는 작가를 꿈꾸는 지망생이 아니다. 물론 이미 작가의 길에 들어섰다고도 생각하지 않는다. 책을 3권이나 냈으면서 이런 이야기를 하면 배부른 소리라고 욕을 먹을 수도 있겠지만, 정말로 그렇다.

처음 책을 만들기로 결심한 것은 순전히 호기심 때문이었다. 글을 써서 유명해지고 싶었던 것도 아니고, 책을 팔아 부자가 되고 싶었던 것도 아니었다. 내 글을 만천하에 자랑하고 싶었던 것은 더더욱 아니었다. 가족은 물론이고 다른 사람에게 내 글을 보여주는 일이 나 또한 두려웠다. 그저 손으로 쥘 수 있는 책을 만들어보고 싶었을 뿐이다. 이제는 굉장히 흔한 이야기여서 굳이 나까지 또 해야 하나 싶지만, 언젠가 자신의 이름으로 책 한 권 내는 일을 버킷리스트에 넣어둔 경험이 누구나 있지 않나. 그것이 발단이었다. 졸업을 앞두고 있어 시간이 넘쳐흘렀다. 게다가 한 번 마음먹은 일은 반드시 실행으로 옮기고 끝을 보는 성격이어서 책을 만들면 안 되는 이유에 대해서는 생각해볼 겨를이 없었다.

단순하게 생각하고 직진하기로 했다. 텀블러에 써놓은 글이 꽤 있었다. 모두 짤막한 글이어서 분량은 많지 않았지만, 잘 모아서 편집하면 책 한 권이 되기에 문제없다고 판단했다. 책의 두께에 누가 기준을 정해놓은 것도 아니고 책이 얇다고 해서 발행을 금지한다거나 벌금을 내는 일도 없을 테니까. 책을 만드는 것이 목표였으니 굳이 머리를 싸매고 글을 더 써서 분량을 늘려야겠다는 생각도 하지 않았다. 문제는 책을 만들어본 경험이 없으니 방법을 모른다는 것이었다. 전공 덕분에 컴퓨터를 다루는 일에는 능숙했지만 출판과 인쇄에 대한 지식은 전무한 상태였다. 주변에 도움을 청할 사람조차 없었다. 웬만하면 주변을 수소문해 도움을 청하는 성격도 아니었다.

결국 며칠 동안 검색의 늪에 빠져 지냈다. 인쇄와 관련된 기초 지식을 공부하다가 흥미로운 사실을 발견했다. 나와 비슷한 생각을 가진 사람들이 독립출판이라는 이름으로 혼자서도 책을 만들고 있다는 것. 지금은 독립출판이라는 키워드가 꽤 대중화되었지만 그때만 해도 열에 아홉은 처음 들어보는 선구자적인 키워드였다. 한국에도 독립출판물을 다루는 서점이 있고 그 시장이 존재한다는 사실을 그때 처음 알았다.

지금은 문을 닫았지만 당시 서촌에는 가가린이라는 1세대 독립출판물 서점이 있었다. 가장 좋아하고 자주 다니는 동네여서 참고할 만한 책을 구입하기 위해 그곳에 방문했다. 그때 구입한 독립출판물이 김은비 작가의 『꽃같거나 좆같거나』였다. 최근 독립출판 시장에서는 에세이가 주류를 이루고 있는 듯하지만, 그때는 텍스트 중심의 책보다 그림을 그리고 사진을 찍는 분들의 책이 훨씬 더 많았던 것으로 기억한다. 독립출판으로 만든 에세이를 찾고 있던 나는 선명한 노란색 커버 위에 눈길을 끄는 제목이 크게 적힌 김은비 작가의 책을 집어들었다. 책의 판형과 내용의 구성을 살펴보니 내가 만들고자 하는 책과 가장 유사한 형식이었다.

책에 작가의 SNS 계정이 적혀 있어 메시지를 보내 약간의 조언을 구했던 일이 인연이 되어 지금까지도 좋은 동료로 지내고 있다. 나중에 알고보니 김은비 작가 또한 태재 작가에게 같은 방식으로 조언을 구했었다고 한다. 아마 홀로 고군분투하던 꽤 많은 독립출판 작가들이 서로 도움을 주고받으며 동료가 되고, 함께 연대함으로써 독립출판의 확장에 일조하지 않았을까.

책을 만드는 과정에 대해 미리 알아두고 난 후에 본격적으로 편집을 시작했는데, 진짜 난관은 글을 편집하는 과정에 있다는 것을 뼈저리게 느꼈다. 책에 수록하고 싶은 글을 하나의 파일에 모아 다시 읽어보니 마음에 들지 않는 문장들이 가득했다. 처음부터 책으로 만들 계획으로 썼던 글들이 아니기 때문에 전체적으로 문장을 다듬는 작업이 시급했다. 한 문장씩 다시 꼼꼼히 읽고, 수정하고, 더하고 빼는 일을 무한히 반복해야 했다.

가장 힘들었던 점은 끝이 보이지 않는다는 것이었다. 아무리 시간을 들여 수정을 거듭해도 문장이 나아지고 있다는 생각이 들지 않았다. 거대한 자괴감에 휩싸이기 시작했다. 이런 식으로 계속 문장을 뜯어고치기만 하다가는 살아남을 수 있는 문장이 하나도 없을 것만 같았다. 글의 전체를 바라보고 수정할 수 있어야 하는데, 문장 단위로 예민하게 수정하기를 반복하다 보니 성과는 없고 피로도만 쌓였다. 글쓰기의 역량이 많이 부족하다는 것을 깨달았고, 자신감을 잃어 무너져가고 있었다. 처음 경험해본 교정, 교열은 나 자신과의 끝없는 싸움이었다.

내 책의 교정, 교열을 스스로 보는 일이 가장 괴로웠고 지금도 그렇다. 만약 자신의 글을 모아 직접 출판하고 싶은 사람에게 조언을 한 가지 해야 한다면 반드시 기간 또는 횟수를 정해놓고 교정, 교열을 시작하라고 권하고 싶다. 전문가가 아니기 때문에 기술적인 조언은 할 수 없지만, 먼저 경험해본 사람으로서 꼭 전하고 싶은 조언이다. 나 또한 더 이상 교정, 교열을 반복하면 책을 완성할 수 없을 것 같아 단호하게 데드라인을 정해놓고 작업을 마무리했다. 솔직히 말해서 아직도 내 책을 다시 읽으면 수정하고 싶은 부분이 한두 군데가 아니다. 지금 다시 개정판을 위해 교정, 교열을 보라고 한다면 아마 거의 모든 문장을 삭제해버릴지도 모른다. 무엇이든 적당히 하는 것이 좋다는 진리가 글에서도 통한다. 과도한 교정, 교열은 건강을 해치고 상황을 악화시킨다.

『사랑의 몽타주』에서 가장 마음에 드는 글을 고르라고 한다면, 두말할 것 없이 책의 머리말이다. 머리말이 책 한 권의 모든 것이 될 수 있다고 생각한다. 나의 경우에는 마지막까지 교정, 교열을 본다 해도 절대 지우거나 타협하고 싶지 않은 문장들이 그 안에 모두 담겨 있다. 편집을 시작할 때 글을 모아놓고 가장 먼저 한 일이 바로 머리말을 쓰는 것이었다. 책의 제목을 짓는 것보다도 먼저였다. 『사랑의 몽타주』의 제목은 머리말에서 탄생했다. 이 얇디얇은 한 권의 책을 통해 내가 무슨 말을 하고 싶은 것인지를 썼다. 다음 책을 만들 때에도 머리말이 최우선이었다. 책을 읽고 마지막 장을 덮자마자 내용을 모두 잊어버리게 된다 해도 머리말의 문장들은 꼭 기억해줬으면 했다. 약간의 과장을 보탠다면, 어쩌면 나는 머리말을 쓰기 위해 책을 만들고 있는 것이 아닐까.

마지막으로 책을 만들고 난 후의 이야기를 조금 해보자. 처음에는 가족에게 책을 만들었다는 것을 숨겼고 친한 친구들에게도 책을 보여주지 않았다. 독자의 반응을 알 수가 없었다. 독립출판물 서점에 입고되어 판매가 이루어지고 있었지만, 내 책을 읽어준 사람들의 감상에 대해 직접적으로 들어볼 수가 없었다. 처음으로 제대로 된 감상을 듣게 된 것은 책이 세상에 나온 지 약 3개월 정도 지난 후에야 참여하게 된 첫 번째 북토크 때의 일이다. 서울의 회기역 부근에 위치한 '책방 오후 다섯시'라는 이름의 서점이었다. 아쉽게도 이제 운영되지 않고 있지만, 서점의 이름처럼 오후 다섯 시의 채광이 유난히 포근하고 아름다운 공간이었다.

약 열 명 정도의 독자분들이 찾아오셨는데 그중에는 고등학생이었던 독자도 한 명 있었다. 우연히 내 책을 접해 읽었는데, 자신의 삶에 큰 위로가 되는 글을 읽고 고마운 마음으로 신청했다며 솔직한 감상을 들려줬다. 그 학생이 들려준 마음과 울먹이는 듯한 목소리의 떨림이 오랫동안 나의 뇌리 속에 남아 있었다. 보잘것없는 개인의 생각이라고 여겼던 내 글이, 이 땅 어딘가에서 적어도 한 사람에게는 삶의 위로를 주고 있었다. 글은 누군가의 삶의 물결에 힘을 실어줄 수 있는 도구라는 사실을 몸소 겪을 수 있었다. 덕분에 좋은 스탠스를 얻었고, 책을 만들 때마다 그때의 일을 떠올린다. 그날 그 학생의 목소리를 타고 전해지던 진심을 나는 앞으로도 잊지 못할 것이다.

나는 오늘도 문장을 쓰며 희망하고 절망하는 법을 배워나간다. 어느 쪽으로도 기울어지지 않고 문장들을 모은다. 매일을 현재형으로 살아가는 사람이고 싶기에 과거형도 미래형도 아닌 현재형으로 쓴다. 현재형이 아닌 시제는 우리의 초점을 흐릿하게 만든다. 매 순간 흩어져가는 나의 파편을 현재형으로 기록하며, 내가 살아가고 있다는 증거를 꾸준히 수집하고 싶다. 그래서 한 권의 책을 만드는 역사가의 자세로 아무도 기억해주지 않을 나라는 인간의 역사를 묵묵히 완성해내고 싶다. 내가 만드는 책은 과거의 나를 묻는 무덤이 된다. 책을 만들 때마다, 어떤 간극 속의 나를 보존하기 위한 무덤 하나를 짓는 기분이다. 책을 만듦으로써, 흐르는 시간 속으로 스러져가는 나의 존재를 가까스로 붙잡아둘 것이다.

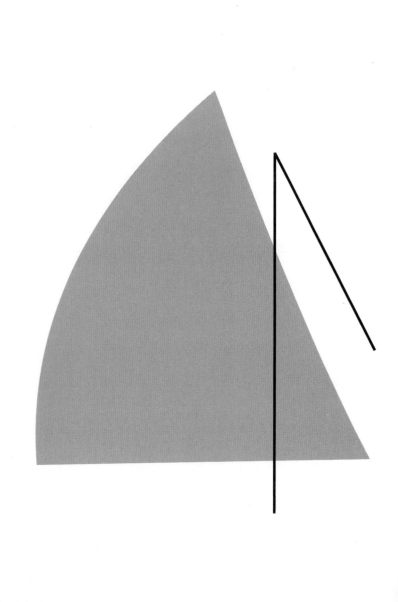

사랑을 쓰는 삶에 대하여

김은비

김은비

『스친 것들에 대한 기록물』『꽃가거나 좆같거나』『임시 폐업』『이별의 도피처 사랑의 도시』
『사랑하고도 불행한』『당신은 어떤 시간에 계신가요?』

@bbiiihappy

가장 열심히 한 것은 무엇인가?

대학교 교양 수업 시간에 이런 질문을 받은 적이 있다.

'지금까지 인생에서 가장 열심히 한 것은 무엇인가?'

나는 그 질문이 가히 충격적이었다. 지금껏 내게 이런 질문을 던져준 사람이 주변에 없었기도 했지만, 질문에 대한 답으로 딱히 떠오르는 게 없었기 때문이었다. 그 말은 즉, 나는 무엇을 하든 그렇게 열심히 하는 사람이 아니라는 뜻이기도 했다. 다들 왜 그렇게 열심히 살았는지 수업을 듣던 다른 학생들은 망설임 없이 각자의 멋진 일화들을 이야기했다. 그들과 달리 알바를 한 적도, 용돈을 모아본 적도, 혼자 여행을 떠나본 적도, 그 무엇도 열심히 해본 적 없는 나는 스스로가 한심하고 부끄러웠다. 무엇보다 그런 내 이야기를 해야만 하는 게 가장 두려웠다. 그날 나는 분명 강의실 안에 있었지만, 차라리 결석자가 되기로 했다. 화장실 가는 척을 하며 강의실 밖으로 나왔지만 딱히 갈 곳도, 할 것도 없었다. 결국 한참 동안 학교 밖을 방황하듯 걸으며 생각했다. 무엇이든 열심히 해보기 위해 휴학을 하기로.

2학년 1학기를 마친 뒤에 곧장 휴학을 했다. 생애 처음으로 일을 하면서 돈도 벌어보았고, 혼자 파리 여행도 다녀왔다. 하지만 그 경험들이 지난날 수업 시간에 받았던 질문에 대한 답이 되어주진 않았다. 오히려 내가 이미 답을 가지고 있다는 사실을 깨달았다. 다만 스스로 그 사실을 몰랐을 뿐이었다. 이제는 질문이 채 끝나기도 전에 자신 있게 대답할 수 있다. 내가 인생에서 가장 열심히 한 것은 바로 사랑이라고.

지금까지 만난 남자들을 손가락 접어가며 꼽아본 적이 없다. 딱히 의미가 없는 일이기 때문이다. 그러나 사랑했던 남자들을 되새김질하면서, 내가 가장 열심히 사랑했던 순간들은 기회가 있을 때마다 이야기하고 싶다. 어쨌든 나는 사랑을 주는 과정을 통해 성장했고, 그렇기 때문에 그들은 지금의 내 모습에 약간의 지분 정도는 있을 테니까.

첫 번째 남자는 스물둘에 만나 스물넷에 헤어진 사람인데, 쉬운 설명을 위해 남자1이라고 하겠다. 남자1은 내게 사랑을 알려준 사람이다. 나는 첫 연애가 중요하다고 생각하는데, 그런 나의 첫 연애 상대는 남자1이 아니다. 그럼에도 언제나 처음을 꼽아야 할 때면 나는 남자1을 꼽는다. 남자1을 만나기 전까지 나의 연애는 내게 무한의 사랑을 주면 만나는 식의 연애였다. 그런 연애를 통해 분명 성장한 부분도 있지만, 내가 주체가 되어 선택한 연애만큼의 울림은 없었다. 남자1은 내내 받기만 하는 연애를 하다가 처음으로 내가 가진 것들을 내어주고 싶었던 사람이었다. 내가 이전에 만난 남자들을 생략할 때마다 친구들은 코웃음 치며 그들의 이름을 나열했다. 역사로 치면 왜곡이 될까? 하지만 먼지 같은 내 연애사에서 이 정도는 왜곡보단 변형에 가깝겠지. 아무튼 그때 내가 남자1을 얼마나 사랑했냐 하면 아침 일찍 학교에 가다가도 보고 싶은 마음을 이기지 못하고 남자1에게 달려갈 정도였다. 처음만 해도 남자1은 놀람과 기쁨을 감추지 못했는데, 나중에는 적응이 됐는지 무덤덤해했다.

남자1은 항공정비과 학생이었다. 나랑은 전혀 관련 없는 학과였지만, 나는 이런저런 의미를 더해가며 남자1의 전공 수업을 같이 들었었다. 내가 이해하기에는 너무 어려운 학문이라 기억에 남는 수업 내용은 없지만, 대신 다른 게 기억에 남는다. 당시 교수님은 내가 남자1을 따라온 타 학교 학생이라는 사실을 알면서도 출석을 부를 때마다 맨 마지막에 내 이름을 불러주시곤 했다. 그럼 나는 손까지 들어가며 대답을 한 뒤에 나름대로 열심히 수업을 듣곤 했었다. 그런 모습을 어린아이의 귀여운 치기로 봐주셨던 교수님은 만약 내 연애사가 하나의 영화로 나오게 된다면 엔딩 크레딧에 이름을 실어야 할 정도로 꽤 비중 있는 출연자였다. 아무튼 그런 재미에 빠져 남자1을 따라 학교를 열심히 다녔더니, 정작 내가 다녀야 할 학교에서는 F학점을 받았다. 그럼에도 행복했다.

어느 날은 버스도 끊긴 늦은 시간에 남자1이 너무 보고 싶었다. 우리 집에서 남자1의 집까지는 택시를 타면 만 원이 조금 안 되게 나오는 거리였는데, 내겐 그 돈이 없었다. 보고 싶다는 내 메시지에 '나도 보고 싶어'라는 답장을 받았을 때는 도저히 사랑을 참을 수 없었다. 나는 엄마가 잠들기만을 기다렸다가 잠든 것을 확인하고는 엄마 카드를 빌려(훔친 것에 가깝지만, 그래도 조용히 빌리겠다고 말하고 나왔다.) 택시를 타고 그의 집 앞으로 갔다. 정말 얼굴만 보고 금방 다시 집으로 돌아왔지만, 지금 생각해도 그때 그 행동은 무모하면서도 동시에 사랑스러웠다. 엄마는 아직도 그때 그 일을 모르지만, 지금 알게 된다고 해도 분명 사랑 앞에서 한 치 부끄럼 없길 바라는 나의 마음을 헤아려줄 것이다. 이후로 다른 연애를 하면서도 늦은 밤에 택시를 타고 가보았지만, 그때 남자1을 향해 가던 날만큼의 마음은 아니었다. 지금 생각해보면 그저 그 사랑을 다시 하고 싶은 마음에서 비롯된 복습에 불과했다.

다시는 열심히 사랑할 수 없겠다고 좌절할 무렵에 남자2를 만났다. 그때 나는 남자2만 보면 눈물이 나서 꽤 난감했었다. 다툰 것도 아니고, 속상하거나 서운한 것도 없는데, 이상하게 자꾸 눈물이 났다. 인생에 사랑이 한 번이 아니라는 사실에 무척 감사해 눈물이 났던 것 같기도 하고, 어쩌면 본능적으로 슬픈 결말을 눈치챘던 게 아닐까 싶기도 하다. 남자2를 만나는 동안에는 그에게 멋있어 보이고 싶은 열망으로 가득했었다. 그래서 한동안 놔버린 드라마 극본을 다시 쓰기도 했었다. 엄마를 따라 점을 보러 간 적이 있었는데, 그때 스님 비슷하게 하고 있던 점쟁이가 하얀 종이에 알 수 없는 글자들을 막 풀더니, 남자2와 나의 관계를 서로의 거울이라고 말했다. 늘 전화 끝에 "나는 네 거울이야"라고 말하던 걸 도청이라도 한 걸까? 도대체 그 낯선 사람이 그걸 어떻게 알았는지는 지금도 미스터리지만, 그때 나는 그 말을 듣고 흠칫 놀라지 않을 수 없었다. 점쟁이는 덧붙여 우리가 너무 일찍 만난 게 안타까울 만큼 합이 좋다고 했다. 그 말을 듣고 '합이 좋으면 일찍 만난 게 더 좋은 거 아닌가?' 하는 의문이 들었지만, 행여나 좋은 기운이 달아날까 그냥 속으로만 삼켰다. 사주 속의 우리는 최상의 합이라 문제가 생겨도 반드시 이겨낼 수 있을 거라고 했는데, 현실의 우리는 그보다 나약했는지 이겨내지 못했다. 결말이야 어찌 됐든 그 역시 내가 건강하게 나눴던 사랑의 일부로 남아 있다.

　나는 여전히 열심히 사랑을 한다. 이후로도 나는 몇 권의 책들 속에 자전적 사랑 이야기를 글로 썼지만, 계속해서 사랑을 쓰고 싶다. 내가 사랑을 쓰는 이유는 '(내가 가장 열심히 하는 것) × (내가 가장 좋아하는 것)' 이 공식으로 설명이 되지 않을까?

종이 위에 쓰는 사랑

1) 사랑

예상치 못한 이별을 한 뒤에『스친 것들에 대한 기록물』을 만들면서 이후 누군가와 영원을 약속하게 된다면 '스치지 않고 남아주어 참 고맙다'는 제목으로 책을 만들고 싶다는 생각을 했다. 꿈같은 이야기가 될지도 모르겠지만 그래도 이 책이 청첩장을 대신하고, 이 책을 읽은 이들과 우리의 연애사를 나누며 축복 안에서 사랑을 맹세하는 아름다운 풍경을 지금도 자주 상상하고 있다.

처음 독립출판으로 책을 냈을 때까지만 해도 개인의 욕구 충족 외에는 관심도 없었을 뿐더러 출판의 세계에 대해 전혀 몰랐다. 난생처음 다뤄보는 인디자인은 너무 어려워 울기도 했었고, 단가 계산을 생략한 덕분에 오히려 책이 판매되면 될수록 권당 약 300원의 손해를 보던 일도 있었다. 결정적으로 누군가 내 책을 직접 주문하여 읽고 난 뒤에 내게 피드백을 주는 일은 정말 예상 밖의 일이었다. 그래서 처음 책을 만들 때만 해도 이를 악물며 다시는 안 하겠다고 다짐했지만, 어째서인지 벌써 내 이름으로 나온 책이 여섯 권이다.

매번 열심히 사랑을 했고, 자랑은 아니지만 쉬지 않고 했던 연애들은 내 인생에서 가장 큰 자양분이 되었다. 그래서 전보다 사랑이 쉬워졌냐고? 천만에다. 나는 여전히 사랑이 어렵다. 사랑은 내가 A라는 정의를 내리면 보란 듯이 B라는 정의가 떠올라, 내게 사랑은 매일이 혼란이다. 그래서 계속해서 사랑에 대해 이야기를 하고 있는 걸지도 모른다. 어릴 때는 일기장에 자물쇠를 걸어가며 글을 썼고, 대학에 가서는 극작을 전공했고, 5년 동안 여러 권의 책을 쓰고 만들었음에도 여전히 내게 글쓰기가 어렵듯이, 사랑 역시 단 한 번도 쉬웠던 적이 없었다. 어쩌면 사랑도 글쓰기도 이전보다 더 어렵다고 느낀다.

학교 다닐 때, 문창과 교수님의 수업을 들으면 성별에 관계없이 사랑에 빠질 것만 같았다. 전공이었던 극작과 수업이랑은 또 다른 분위기였는데, 그만큼 작품에 대한 지식과 글에 대한 확신이 굉장히 멋있게 느껴졌다. 그에 비하면 내 글쓰기는 정교하거나 교육적인 스킬 없이 오직 직감과 본능에 의지하여 쓰인 글에 가깝다. 하지만 나는 사랑하듯 글을 쓴다. 그러므로 나의 태도가 곧 나의 글쓰기라고 말하고 싶다. 가끔 합이 맞는 사람들을 만나 사랑이나 글쓰기에 대해 열띤 토론을 할 때 에너지를 얻는다. 그런 대화들은 나를 다시금 결의에 차게 하고, 다짐하게 한다. 무엇을 쓰기 전에 무엇이 나를 쓰게 하는지 생각해볼 필요가 있다. 많은 사람들이 생각을 생략하고, 일단 쓴다. 내가 본능적으로 펜을 잡거나 아이폰 메모장을 켜던 때는 늘 사랑의 순간이었다. 두서없이 장황하기만 하던 글들은 여러 차례 문장 정리를 통해서 이전과 달리 의미를 갖게 된다.

연애 잘하는 방법이라고 해서 '연애는 물같이 이별은 칼같이'라는 문장을 쓴 적이 있다. 정말 이렇게 하면 연애를 잘할 수 있냐는 질문을 종종 받곤 하는데, 적어도 나의 경우에는 그랬다. 연애를 해본 사람이라면 초반에는 헤프게 쓰던 시간이나 돈, 표현들이 어느 순간부터 다양한 이유들로 절약된다는 걸 느낀 적이 있을 것이다. 절약의 끝은 후회다. 그렇게 해서 관계가 끝난 뒤에 마음을 들여다보면, 그때 전하지 못한 말들은 결국 내 안에 있다. 나는 이것을 실패한 연애라고 부른다. 내가 말하는 '연애 잘하는 방법'은 일종의 자기보호에 가깝다. 오히려 마음을 닫지 않고 여는 것이다. 사랑을 주는 일엔 헤프고, 원망하거나 미워하는 일에는 인색한 사람이 되는 방법이다. 그렇게 하면 사랑을 하는 동안 더 많은 것들이 극대화되는 것은 물론이고, 연애가 끝난 뒤에는 미련 없이 돌아설 수 있다.

능동적인 내게도 지금과는 다른 과거가 있었다. 사랑을 표현하는 일에 부정적이었던 시절 말이다. 자존감은 낮고, 자존심만 높았던 그때는 마음을 닫는 것으로 자기보호를 했다. 보고 싶다거나 좋아한다는 표현은 혼자 일기에만 적고, 상대 앞에서는 있어도 그만, 없어도 그만이라는 식의 태도를 보였다. 그렇게 하면 상대가 내 곁에 오래오래 머물 줄로만 알았는데, 결과는 반대였다. 상대는 내게 "넌 나보다 중요한 게 많은 거 같아. 헤어지자."는 말로 이별을 통보했고, 그 순간에도 나는 진심을 고백하기보다 자존심을 택했다. 그렇게 헤어지고 그날 밤 혼자 침대에 누워 엉엉 울면서 생각했다. 이게 더 자존심 상하는 일이라고. 진짜 아무렇지 않아야 내가 이기는 건데, 그때 나는 많이 슬펐다. 이후부터 내 연애는 완전히 바뀌었다. 상처를 주고받아도 무너지지 않는 사랑을 하기로. 즉흥적인 성격 탓인지 사랑을 주는 게 생각보다 어렵지 않았다. 오히려 참지 않으니 사랑이 더 깊어졌고, 관계가 끝나도 미련 없이 돌아설 수 있었다. 바뀐 내 모습의 최대 수혜자라고 할 수 있는 남자1은 우리가 헤어진 뒤에 내게 이런 말을 했다.

"너는 진짜 얄미울 만큼 못됐지만 착해."

나는 그 말이 무엇을 의미하는지 잘 알고 있다.

사랑은 이기적 행위의 끝이다. '너'를 위한다고 했지만, 사실 이 모든 건 전부 '나'를 위한 일이다. 계절학기 수업을 신청할 돈으로 애인의 생일 선물을 사줄 때도 그랬고, 늦은 밤에 택시를 타고 무작정 달려갈 때도 그랬고, 퇴근하는 애인을 집까지 바래다줄 때도 그랬고, 애인을 만나러 가는 길에 꽃집에 들러 꽃을 선물할 때도 그랬고, 내 것을 사면서 애인의 것까지 살 때도 그랬던 것처럼 분명 내어주었지만 동시에 채워지기도 하는 경이로운 경험을 했다. 그럴 수 있었던 이유는 하나다. 전부 내가 원하고 좋아서 한 일이기 때문에.

나의 능동적인 사랑은 분명 상대에게 부담이 되거나 피해가 가거나 상처가 되기도 했을 것이다. 그리고 이건 분명 나만의 이야기는 아닐 것이다. 예를 들면, 어떤 남자는 여자친구를 매일 집까지 바래다준다. 여자친구에게 다른 약속이 있는 날이라고 해서 예외는 아니다. 약속이 끝날 시간쯤에 맞춰, 근처에서 기다렸다가 집까지 바래다준다. 여자친구는 그게 고맙기도 하지만 동시에 약속을 빨리 마무리해야 한다는 부담감도 있다. 그러나 이 사실을 모르는 남자는 최선을 다해 여자를 사랑하고 있다고만 생각할 것이다. 또 다른 어떤 여자는 남자친구가 술에 취하면 아무 데서나 자는 일로 다투다가 금주령을 내렸다. 가장 큰 이유는 성별을 가리지 않고 일어나는 사고에 대한 걱정이었지만, 그 이유 뒤에는 남자친구가 술 마시러 간 날이면 어김없이 받는 스트레스를 차단하기 위한 것도 있었다.

우리는 이런 모습으로 사랑하고 있다. 자발적인 희생을 하고 있으면서 동시에 그 희생을 상대가 알아주길 바란다. 그동안 내가 했던 사랑은 말이 좋아 능동적인 사랑이었지 실은 제멋대로인 사랑이었다. 내가 좋아하는 알랭 드 보통은 자신의 소설에서 결혼에 대해 '자신이 사랑한다고 주장하는 사람에게 가하는 대단히 기이하고 궁극적으로 불친절한 행위'라고 표현했다. 우리가 하고 있는 것은 분명 사랑이 맞을 테지만, '너를 위한 일'이라고 말하기 전에 자신이 가진 사랑의 방향에 대해 깊이 생각해보아야 한다. 과연 우리의 사랑은 온전히 '너'만을 향하고 있을까?

사랑이라는 행위가 의미를 갖는 순간은 서로가 약속한 자리를 지키는 동안만이다. 나의 경우에는 지난 사랑을 하나의 무덤으로 만들어 애도한다. 처음에는 애도의 방식으로 글쓰기를 택했지만, 지금은 사랑과 더불어 글쓰기가 나의 전부이다. 나를 가장 행복하게 하는 것에는 나를 가장 불행하게 하는 힘이 공존한다. 나는 이런 양날의 검이 좋다. 예측불허의 것들을 통해 살아있음을 느낀다. 사랑하는 동안에도 글을 썼지만, 사랑을 떠나보내는 순간마저도 글을 썼다. 이런 행위를 사랑하지만 동시에 경멸하기도 한다. 그럼에도 불구하고 나는 내 안에 사랑을 참을 수 없었고, 글쓰기를 멈출 수 없었다. 내겐 그래서 글쓰기와 사랑은 닮은꼴이다. 비록 주관적이고 추상적인 기억일 테지만 그 기억들이 글자가 되었을 때, 내가 잊어도 누구 하나쯤은 기억해줄 거라는 기대감이 생긴다. 누군가를 열렬하게 사랑했던 내 모습과 내가 가진 사랑의 열정을 이렇게나마 잡아두고 싶다. 영원할 수 없는 환상의 마음은 이런 과정을 통해 영원히 박제된다.

좋은 글이란 밑줄을 그을 수밖에 없는 힘 있는 문장이 있고, 나머지 부분에서는 최대한 힘을 빼고 쓴 편안한 문장들이 조화를 이루고 있는 글이다. 멋진 글을 쓰고 싶다는 욕심을 모든 문장에 투영하게 된다면, 그야말로 대참사가 일어난다. 일주일 내내 암막 커튼을 친 작업실에 처박혀 내가 내린 커피를 마시면서 글을 쓰다가 어느 날은 대낮에 밖이 훤히 보이는 카페에 가서 커피를 마시던 일을 떠올린다. 그때 그 커피는 평범한 나의 하루에 그어진 밑줄과도 같았다. 그렇게 생각하니 어떻게 하면 사랑이 더욱 사랑스러워질 수 있는지 알 것도 같다. 책 속에 그어진 밑줄이 될 만한 사랑을 상대에게 주면 된다. 사랑을 조절한다고 해서 정복할 수 있는 건 아니지만, 적어도 그었던 밑줄이 다시 보고 싶어 펼쳐볼 수 있지 않을까? 그래도 잊히는 것보다 기억되는 게 훨씬 위로가 될 테니까.

언제나 완결 없는 이야기를 기대하며 하얀 종이에 글을 썼다. 그러나 지난 사랑은 급히 이야기를 끝맺으며 책 한 권이 됐다. 나는 그런 삶을 택했다. 다 쓴 책은 책장에 꽂아두는 삶. 다시 꺼내 읽기보단 새로운 책을 준비하는 삶. 이렇다 보니 때때로 사랑을 쓴다는 것에 대한 두려움을 느낄 때가 있다. 그럴 때마다 내 마음속의 양대 산맥으로 자리하고 있는 버지니아 울프와 프리다 칼로를 떠올린다. 그 둘은 내 안에 있는 냉정과 열정을 대변할 유일한 존재다.

우선 버지니아 울프의 이야기부터 하고 싶다. 그녀는 59세에 자살로 생을 마감했는데, 그녀의 자살을 단순한 정신병으로 치부하기에 그 시대 배경은 비극적이었다. 그녀가 죽을 때 코트 주머니에 자갈을 넣어 강가로 들어갔다는 이야기를 듣자마자, 나는 눈앞에서 실제로 그녀가 강물을 향해 걷고 있는 착시를 느꼈다. 어쩐지 날이 제법 추웠을 거 같고, 안개는 자욱했을 거 같고, 코트는 갈색에 품이 넉넉했을 것 같고, 주머니도 꽤 큼직했을 것 같았다. 그녀는 남편과 각방을 썼는데, 자신에게 구혼하던 남편에게 두 가지 조건을 걸었던 것으로도 유명하다. 그 조건은 육체적 관계를 갖지 않는 것과 내 공간에서 글 쓸 시간을 갖게 해달라는 거였는데, 레너드 울프는 이 조건을 흔쾌히 수락했다.

프리다 칼로는 전차 사고 이후, 병실에서의 지루함과 고통에서 벗어나기 위해 그림을 그리기 시작했다. 프리다 칼로의 그림에서도 볼 수 있듯, 남편 디에고 리베라는 그녀에게 모든 것의 시작이자 전부였다. 디에고는 그녀보다 훨씬 나이도 많았지만, 문란한 여자관계를 넘어 프리다 칼로의 동생과도 불륜 관계에 있었다. 프리다 칼로는 디에고와 이혼하면서 디에고가 사랑했던 자신의 여성성을 버리고자 머리를 자르고, 남성용 정장을 입었다. 하지만 오히려 디에고 없는 삶을 더 비참하고 불행하게 느낀 그녀는 다시 디에고와 재결합을 한다. 화려하면서도 강렬한 그녀의 생애는 그녀가 그린 수많은 작품 안에 고스란히 담겨 있다. 프리다 칼로의 열정은 버지니아 울프의 냉정과 닮아 있다. 이 말은, 냉정은 열정의 다른 이름이 될 수 있고, 열정은 냉정의 다른 이름이 될 수 있다는 뜻이기도 하다.

사랑이라는 주제가 진부하다고 느껴진다면, 너무 많이 쓰여 낡을 대로 낡아버린 셰익스피어의 플롯에 대해 생각해보길 바란다. 사랑 없는 삶은 없다. 모든 게 가짜였던 영화 〈트루먼쇼〉에 나오는 주인공 트루먼에게도 진실을 말하려던 실비아가 있었다. 트루먼의 삶은 가짜였던 것 같지만, 그를 사랑하는 그녀의 존재 하나로 그의 삶이 결코 가짜가 아니었음을 말해준다. 사랑은 그런 힘을 가지고 있다. 삶이 추레하게 느껴질 때 비로소 사랑은 우리의 삶을 축제로 만들어준다.

이처럼 사랑은 나를 포함한 많은 이들에게 귀중한 영감이다. 내 플레이 리스트에서 지워지지 않는 아델은 자전적 사랑을 앨범 〈21〉에 담았다. 캔버스에 수많은 여자를 담았던 피카소는 '내게 예술이란 곧 여자였고, 나는 사랑을 그렸다'고 말한다. 영감을 주는 여자에게 날아가 곧 그녀를 하나의 작품으로 캔버스 안에 담는 모습이 낯설지 않다. 창작은 곧 경험을 기반으로 한 감정에서부터 시작되며, 영혼 없는 예술관을 가지고 창조해낸 것들에는 미래가 없다. 찬사를 보내거나 비난의 손가락질을 하는 몫이 수요자에게 있다면, 계속해서 자신의 길을 가는 것은 창작자의 몫이다. 누구나 롤모델을 가슴에 품고, 동경하는 대상을 닮고 싶어 하는 마음처럼, 내 삶 자체가 사랑이고 싶다.

2) 나

처음 드라마 작가가 되겠다고 마음먹고 샀던 방송국 사람들의 인터뷰 도서 안에서는 결혼을 했으나 이혼을 했고, 줄담배 피우는 흡연자를 좋은 작가라고 묘사했다. 물론 우스갯소리로 한 말이었지만, 읽으면서 고개를 끄덕인 것도 사실이다. '작가는 일부러 불행을 찾아간다'는 말을 들어본 적이 있을 것이다. 그만큼 불행의 모습을 짐작하고 쓰는 것과 불행의 모습을 경험하고 쓰는 것의 차이는 크다. 그래서 내게는 불행마저도 행복이다. 『임시 폐업』을 썼을 때는 두 달 동안 거의 잠을 못 잤다. 하루 세 시간 자면 많이 잤다고 할 만큼 잠도 못 자고, 끼니도 자주 거른 탓에 체중이 5킬로그램 넘게 줄기도 했었다. 엄마는 걱정 섞인 목소리로 왜 그런 길을 가냐고 말하곤 하는데, 나는 이 길만이 어렵다고 생각하지 않는다. 친구들은 매일 인천에서 강남까지 출퇴근을 하고, 이 세상에 많은 부모들은 젊은 날 자신이 희망했던 꿈을 이룰 기회를 자녀에게 건넸다. 나는 오히려 그런 모습들이 더 경이롭다. 보편적인 인생의 모양이라지만 그건 분명 아무나 낼 수 없는 용기이다. 나는 그들이 가진 대부분의 것이 없고, 경제적으로 궁핍한 날이 더 많다. 그런 내가 그들보다 좋은 게 하나 있다면 그건 바로 불행할 때 글을 쓸 수 있다는 것이다. 신념이나 가치관을 꼭 몸에 새겨야 하는 건 아니지만, 행복해야 한다는 강박이 무서울 정도로 나를 괴롭히던 때에 'HAPPY'를 팔목에 새긴 뒤에야 행복해야 한다는 강박에서 벗어날 수 있었다. 행복은 그냥 자연스럽게 우리 삶 어느 부분을 차지하고 있다. 다만 어떤 날에는 망각할 만큼 사소하기도 하고, 어떤 날에는 체감할 만큼 거대하기도 할 뿐이다.

주관이 확고한 성격 탓에 하고 싶은 건 꼭 하면서 살았지만, 하기 싫은 건 죽어도 안 했다. 내 안에 샘솟는 사랑을 내게만 줘도 차고 넘쳐 타인에게 주는 게 좋았다. 타인에게 주고도 남은 사랑은 글로 쓰고 싶었는데, 무겁고 어려운 희곡들을 보면서 필사를 시키니 재수까지 해서 간 학교가 재미없었다. (지금 생각하면 후회되는 시절이다. 학교를 열심히 다닐걸….) 글쓰기에 대한 노하우가 없었을 때는 노트 여러 권을 사서 기능분화를 했다. 빨간색 노트에는 일기를 썼고, 노란색 노트에는 산문의 글쓰기를, 파란색 노트에는 인물 및 스토리를 쓰는 식으로 해서 소스를 모았는데, 나중에는 분리 자체가 어려워 아예 쓰지 않게 됐다. 사촌언니와 이런 고민을 나누다가 사촌언니의 제안으로 쓰던 노트들을 다 버리고, 1년에 한 권씩 쓰자는 목표로 검은색 몰스킨을 하나 샀다. 그게 벌써 2012년의 일인데, 그때부터 지금까지 벌써 일곱 권이 되었다. 대부분의 글쓰기는 이 안에서 발췌한 내용들로 시작된다. 여섯 권의 책이 그렇게 만들어졌다. 현재 나는 미혼 여성이지만 책을 만들 때마다 출산이나 육아를 간접경험한다. 책을 만들 때 어떤 종이를 쓸지에 대한 고민은 마치 좀 더 비싸고 좋은 옷을 입혀주고 싶은 부모의 마음과 닮은 것 같고, 좋은 문장들이 빛을 보지 못할 때면 가진 게 없는 부모를 만난 탓인 것만 같아 미안하다. 어떤 책은 잘 팔리기도 했고, 어떤 책은 나만 좋아해주는 것도 같지만, 그럼에도 내게는 모두 귀한 손가락이다.

예술가의 사명은 완전한 삶을 사는 것이라고 한다. 그러나 '나'라는 사람은 줄곧 프로필에도 썼던 것처럼 불완전하다. 그런 내가 가장 완전하고 또한 안전하게 느껴지는 때는 글쓰기를 할 때다. 어리석었던 삶의 태도나 불안정했던 마음이 어떤 한 줄이 되었을 때 비로소 나는 완전해진다. 지난주에 워크숍을 하다가 나의 글쓰기에 대해 짧게 이야기를 한 적이 있다. 그때 '생을 걸고

할 만큼의 간절함'이라는 말이 떠올랐는데, 나는 간절하고 절박한 마음이 삶을 바꿔놓을 수 있다고 믿는다. 아직은 나 역시 과정에 있는 사람이기 때문에 확언보다는 믿음에 가깝지만, 올 F가 뜬 성적표를 받던 내가 이렇게 꾸준하게 글을 쓰고 있다는 것만으로도 이미 내 삶은 많은 것이 바뀌었다. 그래서인지 매일을 기대하는 마음으로 산다. 아직 살아보지 않은 날들이 두렵기도 하지만, 기대감이 더 크다. 어쩌면 누릴 수 있는 범주 내에서 마음대로 하는 태도가 오늘의 나를 행복하게 해주고, 덕분에 미래를 기대하게 되는 것도 같다. 글 쓰는 시간 외에는 뒤를 돌아보지 않으려고 하는 편이지만, 글감을 얻기 위해 내가 쓴 일기를 자주 꺼내 읽는다. 그럴 때마다 지난 사랑을 곱씹으며 괴롭기도 하지만 반대로 오늘의 내 사람을 더욱 아낄 수 있기도 하다. 이미 잃어본 적이 많아서 더는 잃기 싫은 마음에…. 일기 이야기가 나와서 하는 말인데, 나는 일기가 인생을 바꿀 만큼의 힘을 가지고 있다고 생각한다. 그래서 많은 사람들이 일기를 썼으면 좋겠다. 우리는 타인이 쓴 글을 읽으며 답을 찾을 때도 있지만, 없을 때도 있다. 그러나 스스로의 문장 안에는 언제나 답이 있다. 노트 안에 공백은 결코 비어 있음이 아니다. 과거의 나는 오늘의 나에게 분명 메시지를 준다.

계속해서 '나'라는 사람을 통해 인간을 보고 싶다. 한결같이 지적받는 나의 문제 중 하나는 타인에 대한 무관심이다. 친한 지인들은 나의 과한 자기애를 놀리기도 하지만 나는 덕분에 내가 글을 쓰고 있다고 생각한다. 나는 감정이 헤픈 편인데, 그만큼 감정의 변화가 역동적이기도 하다. 언젠가 한번은 회전문을 보고 감탄한 적이 있다. 물론 회전문을 그날 처음 본 것도 아니었다. 그러나 그날은 똑같은 회전문을 보고도 감탄사가 절로 나왔다. 반복되는 감정이 여전히 처음처럼 낯설 때가 있다. 이처럼 이미 느낀 감정을 여러 번 곱씹는 일은 재미있다. 곱씹다 보면 유사한 다른 감정들이 파생되는 경험을 한다. 이미 본 영화를 다시 본 적이 있는가? 있다면 이전에는 보이지 않던 장면이 보이거나, 같은 장면을 통해 이전과는 다른 감정을 느낀 적이 있을 것이다. 비슷한 맥락이다. 그런 과정을 통해 끊임없이 '나'를 생각한다. 아직까지는 내가 쓴 글이 부끄러웠던 적이 없다. 비록 그 진심이 순간이었을지라도 나의 모든 문장은 거짓 없는 진실이었고, 부족할지라도 나의 최선이었다. 아주 오랜 시간 동안 드라마를 쓰고 싶다고 생각했지만, 극본의 호흡을 따라가는 게 버거워 마음에 드는 완주를 한 번도 하지 못했다. 최근에 와서 드라마 작가라는 내 꿈의 행방을 묻는 독자가 늘어났다. 그 안부와 응원에 대한 답으로 계속해서 달려가는 모습을 보여준다. 그렇게 가다 보면 내가 가진 사랑이 나아가 세상을 쓰는 힘을 갖게 해줄 것이다.

　돈을 우선순위에 두지 않지만 돈이 주는 즐거움을 잘 알고 있다. 작년까지만 해도 돈과 나 사이에 밀접한 관계가 없는 줄로만 알았는데, 계속해서 쓰고 싶은 글을 쓰기 위해서는 생계가 유지

될 정도의 돈은 필요하다는 걸 최근에야 알았다. 다음 책을 만들고 싶은데 제작비가 없을 때나 정산된 돈을 다 써버렸을 때마다 생각한다. 나는 언제쯤 돈을 벌 수 있을까?

얼마 전에 윌리엄 서머셋 모옴의『달과 6펜스』를 다시 읽다가 눈에 들어온 부분이 있다. 모네의 이야기였는데, 100프랑을 주고라도 사겠다는 사람이 없었던 과거와는 달리 지금의 그림값은 어떠냐고 묻는 대목이었다. 그러나 뒤이어 누군가가 되물었다. 그 당시 모네만한 재능을 가졌으면서도 그림을 팔지 못한 화가들은 지금도 값이 나가지 않는다며, 과연 재능만 가지고 성공을 하냐고 말이다. 그러게, 맞는 말이다. 행운의 여신은 모네를 택했다. 이게 바로 내가 운명론자일 수밖에 없는 이유다. 드라마 작가가 되겠다고 해놓고 책을 쓰고 있을 줄은 꿈에도 몰랐고, 내가 나눈 사랑이 책이 되어 팔릴 거라고는 더더욱 생각을 못했다. 그리 긴 인생은 아니지만 살아보니 될 일은 되고, 안 될 일은 죽어라 해도 안 됐다. 긍정이든 부정이든 일어날 일은 기어코 일어나고야 말았다. 만약 행운의 여신이 내 편이라면, 잦은 파리행이 허락될 것이고, 좋아하는 종로에서의 삶도 가능해질 것이다. 나는 그때까지 오래오래 종이 위에 사랑을 쓰고 싶다.

경로를 벗어나서

프리랜서의 삶은 고독하다. 전업으로 글을 쓰고 있지만, 누군가 알아줄 거라는 기대는 금물이다. 집에서 작업실까지는 도보 10분이면 충분한데, 운이 나쁠 때는 그 짧은 길에서 엄마 친구들을 만나기도 한다. 왜 운이 나쁠 때라고 하냐 하면, 대부분의 어른들은 인사를 건네는 내게 겉으로 내색하지는 않지만 눈으로 '한참 일하고 있어야 할 시간인 평일 오후에 네가 왜 여기 있어?' 하고 묻기 때문이다. 집 근처 편의점에서도 마찬가지다. 자주 가지 않는 터라 가끔 주인아주머니를 만나곤 하는데, 평일 낮에는 "어머? 이 시간에 뭐해?" 하고 내게 묻는다. 그러게요. 저는 대체 뭐하는 사람일까요?

보통은 이런 약간의 피곤한 관문을 거쳐 작업실로 간다. 오자마자 노트북 전원을 켠 뒤에는 포트에 물을 끓인다. 커피 그라인더를 이용해 좋아하는 원두를 갈고, 적당히 분쇄된 원두를 프레스에 넣는다. 다 끓은 물을 천천히 부어 원두를 적셔주다 보면, 조금 전의 피곤했던 상황은 금세 귀여운 에피소드가 된다.

정해진 일은 없지만, 매일 글을 쓴다. 내가 내린 커피를 옆에 두고 원고를 쓰기도 하고, 워크숍이나 강연 준비를 하기도 하고, 언젠가 있을 공모전에 낼 드라마 극본을 쓰기도 한다. 생각과 달리 글이 써지지 않을 때에는, 따로 암막 커튼을 치지 않아도 작업실이 암실처럼 느껴진다. 그럴 땐 과감하게 책상 앞에서 일어나 듣고 싶은 LP를 골라 턴테이블에 올린다. 찬 바닥에 눕거나 의자에 앉아 음악을 듣다 보면, 작업실의 풍경이 눈에 들어온다. 벽면에는 쓰고 싶은 글들이 토막 난 채로 잔뜩 붙어 있고, 파리의 어느 편집매장에서 산 엽서와 파리에 있을 때 자주 가던 카페 스태프 언니가 준 메뉴판, 트래블 라이브러리에서 가져온 파리 지도, 프리다 칼로의 자화상도 붙어 있다. 책상 위에는 하리보젤리가 한 통 가득 들어 있고, 버지니아 울프의 생을 그린 그림책도 있다. LP가 담긴 박스에는 스무 장이 조금 넘는 앨범이 있지만, 많지 않은 탓에 어디서 어떻게 만났는지 사연들이 선명하게 떠오른다. 내가 좋아하는 것들로 가득한 이 풍경을 보고 있으면, 내가 망각하고 있던 것들에 대해 깨닫는다. 그러나 시간이 흐름에 따라 나는 다시 무지의 상태로 돌아가고, 망각하고, 깨닫고, 다시 무지의 상태로 돌아가고, 망각하고, 깨닫고… 이 순서를 여러 번 반복하다 보면, 그 어떤 깨달음도 오지 않을 때가 있다. 그럴 때, 나는 작업실 밖으로 나선다.

오늘은 집에서 도보 10분 거리에 있는 작업실을 마다하고 가방 가득 짐을 꾸려 서울 가는 버스를 탔다. 작업실이 없었을 때는 오히려 이런 게 더 익숙했다. 노트북, 노트, 프린트한 원고를 가방 가득 챙겨 낯선 공간으로 가는 일 말이다. 그때는 왕복 두세 시간 거리에 있는 카페를 골라 다니며 커피도 마시고 글도 쓰고 그랬다. 덕분에 교통비만 달에 30만 원을 찍곤 했는데, 친구들은 직장 다니는 자기들보다 더 나온다며 놀라기도 했었다.

어느 날은 비행기 안에서 느꼈던 공기를 버스 안에서 느끼기도 했었다. 갑자기 끼어든 차 한 대 때문에 버스가 급정거를 했는데, 사람들은 놀란 맘에 소리를 지르고, 버스 복도는 내려놓은 가방들로 뒤엉켜 그야말로 엉망진창이었다. 잠시나마 죽음의 문턱 앞에 선 기분이 들기도 했는데, 그때 나는 이 풍경과 감정을 잊지 않기 위해 서둘러 핸드폰 메모장을 열었다. 그 메모를 풀어쓴 글을 책 안에 넣기도 했다. 오늘의 기사님은 안전 운행을 하신다. 전에는 베스트 드라이버 기사님을 만나 13분 만에 합정에 도착한 일도 있었다.

인천에서 서울까지 가는 길은 글을 쓰기 위해 떠나는 짧은 여행과도 같다. 종종 이런 여행을 즐기는데, 누군가는 가벼운 산책삼아 다녀가는 곳에 나는 여러 가지 이유로 생을 걸고 가는 느낌이다. 약간의 긴장감은 나의 내면을 직관하게 한다. 완전히 내 공간이 아닌 곳에 앉아 느끼던 낯선 공기는 글을 쓰다 보면 금세 잊는다. 원고 말고는 보이지 않을 때 비로소 좋은 한 줄이 나온다. 공간을 빌려 작업을 하는 내게도 일종의 규칙이 있다. 커피는 시간당 한 잔을 기준으로 한다. 지불하는 만큼의 대가가 글쓰기로 이어질 거라고 생각하는데, 홍상수 영화에서 김민희가 "저는요, 약속을 안 지키면 제가 꼭 망할 것 같아요. 그래서 무서워요."라고 한 것과 같은 맥락이다.

빌 에반스 음악이 나오는 카페에서 오늘도 마음에 드는 글을 썼다. 두 잔의 라떼를 마시면서 쓴 글들이다. 챙겨 온 짐을 다시 꾸린 뒤에는 집으로 돌아가는 길에 대해 생각한다. 정확하게 말하면, '집으로 가는 길을 어떻게 돌아가볼까?' 하는 고민에 더 가깝겠다. 집에 가는 길을 조금 돌아가다 보면 다른 세상이 펼쳐진다. 예를 들어 버스를 타고 가던 곳까지 지하철을 타고 간다던가, 가까운 역이나 정류장을 두고 일부러 몇 정거장을 걸어 지하철이나 버스를 탄다던가 하는 식으로 말이다. 그렇게 하면 익숙한 서울이 마치 얼마 전에 다녀온 오사카처럼 보이기도 한다. 최근에는 동네에서 새로운 여행을 했다. 무서워서 큰 길로만 다니다가 모처럼 용기를 내서 집으로 가는 지름길인 골목길로 걸었는데, 그 골목에 있는 반찬 가게 주인이 지나다니는 사람들을 위해 24시간 가게 불을 켜놓는다는 걸 알게 됐다. 인정 많은 반찬 가게 주인 덕분에 더는 골목길이 무섭지 않았다.

계획을 세워두지 않았을 때 우리는 더 많은 우연을 만날 수 있다. 2만 보 넘는 산보로도 마음이 채워지지 않던 어느 날에는 설상가상 길까지 잘못 들어 금방이라도 눈물을 쏟을 뻔했다. 그때 보도 구석에 누군가가 가져다놓은 작은 방울토마토 모종이 여섯 개 있었는데, '필요하신 분 가져가세요. (2개씩 3종류임)' 하고 빨간색 매직으로 크고, 굵게 쓰인 글자를 봤다. 나는 앞으로 내가 어떻게 살아야 할지에 대한 삶의 이정표를 마주한 느낌이 들었다. 무엇으로도 채워지지 않던 마음은 그 크고 굵게 쓰인 빨간색 글씨로 가득 채워졌다. 우리는 일상 안에서 수많은 메시지를 만나게 되지만, 어쩌면 무심코 가볍게 여기거나 쉽게 지나치는 경우가 더 많을 것이다.

오래전에 광화문 교보문고에서 '지금 네 곁에 있는 사람, 네가 자주 가는 곳, 네가 읽는 책들이 너를 말해준다. ─괴테'라는 글귀를 보았다. 가장 힘든 시절에는 친한 오빠의 "다른 이유 없이 네 글은 곧 너라서 가장 좋아."라는 말에 큰 위로를 받았다. 태어나 단 한 번도 개근상을 받아본 적 없는 내게 이런 성실함을 요구하는 직업은 꽤 고역이다. 그러나 버티고 싶다. 무언가 쓰고 싶은데, 무엇을 써야 할지 모를 때, 나를 둘러싼 것들을 들여다본다. 글을 쓸 때 자신의 이야기를 한다는 건 가장 쉬우면서도 동시에 어려운 일이다. 스스로의 인생을 지속적으로 들여다보는 작업은 글의 내용이 주관적이든 객관적이든 잔인한 일인 거다. 용기를 내고 싶지 않아도 새하얀 종이 앞에서는 용기를 내야만 한다. 그게 자발적 용기가 아닐지라도 쓰다 보면 어느새 스스로 담대해지고 있다는 걸 느끼게 된다.

가보지 않은 길은 늘 궁금하다. 날이 좋아 즉흥적으로 춘천에 간 적이 있는데, 그때 하필이면 소양강댐 수문이 6년 만에 열려 강과 강 사이에 있는 도로 위로 물이 가득 찬 장면을 본 적이 있다. 경험하지 못한 것, 이미 경험했으나 오랜만에 다시 경험하는 것들을 통해 간극을 찾는다. 분명 보이지 않음에도 선명하다는 걸 느낄 수 있다. 손해나는 경험은 없다. 내가 삶을 바라보는 방향에 따라 내 글의 방향도 정해진다. 보다 많은 것들을 수용하려고 해보자. 글쓰기가 풍부해질 것이다. 아주 작은 부분부터 바꿔보자. 단조로운 일상이 달라질 것이다. 그렇게 익숙한 경로를 벗어나, 다른 길로 걸어보자.

사랑의 순환구조

사랑의 순환구조에 대해 생각하게 된 건, 누군가 내게 "사랑을 많이 받은 티가 나요."라고 한 말 때문이었다. 내가 진짜 사랑을 많이 받았나? 많이 받았다면, 그 사랑은 다 어디에서부터 온 것일까? 호기심이 일었다.

내가 어릴 때, 아빠는 종종 엄마 모르게 나를 데리고 슈퍼에 갔다. 엄마는 잘 사주지 않던 과자를 아빠는 검은 봉지가 가득 찰 만큼 사줘서, 아빠가 내 방으로 들어와 조용히 속삭일 때면, 이미 과자를 입안 가득 욱여넣은 것만큼이나 기분이 좋았다.

엄마가 나를 태운 유모차를 끌고 지나가면 길 가던 모르는 사람도 얼굴 한 번 만져봐도 되냐고 물어올 정도로 어릴 때 나는 새하얗고 볼이 통통했다고 한다. 낯선 사람 품에서 울 법도 한데, 울기는커녕 낯가림 없이 너무 잘 웃어서 그게 그렇게 예뻤다는 이야기를 엄마는 아직도 어제 일처럼 말한다. 다섯 살 터울의 사촌언니는 내가 너무 보고 싶어 학교가 끝나자마자 우리 집으로 달려와 나를 들쳐 업고 엄마의 육아를 도왔다고 한다. 그래서 내 어릴 때 사진에는 앳된 언니의 모습도 함께 담겨 있다.

나는 전혀 기억나지 않지만, 내가 세 살 되던 해에 갑자기 땅바닥에 주저앉더니 그대로 다리를 쓰지 못하던 일이 있었다. 병원을 세 군데 정도 가도 이유를 모르겠다는 말만 해서 속이 터지는 와중에도 엄마는 밤만 되면 잠이 쏟아졌고, 그렇게 꾸벅꾸벅 졸다가 눈을 뜨면 외할머니가 밤낮없이 작은 내 몸을 마사지해 주고 계셨다고 한다. 엄마는 그런 할머니를 보고 사랑을 배웠다.

내 사랑의 시작은 가족일 것이다. 엄마랑 이모를 따라 찜질방에 가서 땀을 빼며 나누던 케케묵은 이야기들은 공기가 차가워지면 생각난다. 아직도 여행 갈 때 소녀처럼 설레며 도시락을 싼다는 큰이모도 보고 싶고, 목포에 갈 때마다 엄마가 좋아하는 반찬을 한 짐 싸주는 작은이모도 보고 싶고, 곱디고운 도시 여자의 삶을 버리고 시골로 간 막내이모도 보고 싶다. 엄마랑 닮은 얼굴을 한 이모들과 삼촌들을 보며, 나는 단단한 사랑 안에 있음을 느낀다.

영화 〈어바웃타임〉을 단순한 사랑 이야기라고 생각하지 않는 이유는 영화 안에서 보여주는 가족애 때문이다. 나는 주인공 팀처럼 어두운 벽장에 들어가 주먹을 쥐어도 과거로 갈 수 없지만, 오래된 앨범을 보는 순간만큼은 마치 타임슬립이라도 한 것처럼 잠시나마 그 시간을 짐작하게 해준다. 사진 찍히는 걸 좋아했던 엄마는 결혼 전에 찍은 사진이 꽤 많다. 젊은 시절 별명이 공작새였을 만큼 멋 부리기를 좋아했던 엄마는 그 시절 자신의 모습을 보는 걸 별로 좋아하지 않는다. 이제는 머지않은 환갑을 끔찍하다고 말하는 엄마의 모습에서 '이제 곧 서른이라니!' 하고 절규하는 내 모습이 보인다. 그렇게 함께 늙어가고 있는 오늘이 감사하다.

내 마음에 얹히는 게 있다면 엄마가 파리를 좋아하는 줄도 모르고 혼자서 파리를 두 번이나 다녀온 일이다. 엄마는 자신이 가장 가고 싶은 나라를 딸이 갈 때마다 공항에서 배웅을 하며 용돈을 쥐여 줬고, 자신이 20대 때 입던 검은색 슬립과 오래된 필름 카메라로 자신의 청춘을 내게 물려주었다. 내가 글 쓰는 걸 안쓰러워하는 엄마에게 언젠가 한번은 "엄마, 그러니까 나에게는 무슨 일이 일어나도 전혀 이상할 것 없어. 알겠지?" 하고 말했다가, 엄마의 웃는 얼굴이 무표정이 되었다. 안 맞은 게 다행이었다. 엄마는 내가 하는 말 대부분을 헛소리라고 타박하는데, 중에서도 "글 쓰는 나한테는 불행마저도 행복해." 이 말이 가장 싫다고 했다. 부모의 입장에서는 그게 안 된다는 거다. 그래놓고 매번 기가 막힌 글을 쓰라고 말하는 그녀의 귀여운 모순에 이제는 보답하고 싶다. 원래 인간은 받은 만큼 주고 싶어지니까. 나의 이런 마음은 내가 엄마한테 받은 게 많다는 반증이기도 하다. 엄마는 자신이 내게 내어준 사랑의 크기에 비해 겸손하다. 원래 진짜 좋은 사람이나 존경받을 사람은 스스로 그렇게 되길 희망하지 않는다. 엄마는 어떤 희망이나 기대 없이 내게 사랑을 준 것이다. 그리고 나는 그런 사랑을 받았음을 잊지 않는다.

감사하게도 내 주변 사람들은 부족한 내 모습에 관대하다. 낭만이 사라지고, 획일화된 사회에서 그들은 나의 유별난 부분들에 대하여 나무라지 않는다.

"너만큼은 중심 잃지 말고 계속 순수했으면 좋겠어." "나는 네가 현실에 굴복하게 되는 게 싫어. 항상 꿈과 자유를 좇으면서 사는 게 참 멋지다고 생각해."

나만큼이나, 때로는 나보다 더 간절하게 나를 응원하는 사람들의 이런 말들 덕분에 계속해서 전업으로 글을 쓸 수 있었던 것 같다. 작업실 올 때마다 항상 뭐라도 사들고 오는 사람들, 귀찮은 요구에 투덜대며 결국에는 들어주는 사람들, 아직도 14,000원짜리 떡볶이 앞에서 종일 웃고 떠들 수 있는 사람들. 그들이 있어 나는 인복이 참 많은 사람이라는 생각이 든다.

가끔은 낯선 사람에게 선물 같은 호의를 받기도 하는데 중에서도 잊을 수 없는 일 하나를 이야기해볼까 한다. 대학에 다닐 때였는데, 학교 근처에서 자취를 했었다. 유배지처럼 느껴졌던 안산에서 나의 유일한 재미는 집에서 도보 30분 정도 가면 있던 어느 카페에 가는 일이었다. 버스를 타고 가도 됐지만, 걷는 게 좋아 일부러 한참을 걸어 카페에 가곤 했는데, 커피도 맛있고, 디저트도 맛있어서 자주 갔다. 그날은 날씨가 추워 학교 패딩을 입은 채로 커피를 마시며 알랭 드 보통의 책을 읽고 있었다. 내가 커피를 다 마셔갈 무렵에 카페 안으로 들어온 50대 중년의 남성 두 명은 내 옆 테이블에 앉아 나보다 먼저 커피를 다 마시고는 나갔다. 나도 잔을 다 비웠던 터라 읽던 책을 덮고 나갈 채비를 하는데, 갑자기 카페 직원이 내게 따뜻한 커피 한 잔을 가져다주었다. 아무래도 테이블을 착각한 것 같아 "저 안 시켰는데요." 하고 말했더니, "조금 전에 옆 테이블에 계시던 분 중에 한 분이 학생이 공부 열심히 한다면서 한 잔 선물하고 가셨어요. 맛있게 드세요." 하고 웃으면서 커피를 주고 갔다. 날씨가 추웠던 탓이었을까? 그때 그 온기가 유독 따뜻하게 느껴졌다. 그러고 보니 엄마도 음식점에서 서빙하는 사람이 학생일 때, 고맙다면서 팁을 주고 나온다. 예전에 만났던 남자친구가 호텔에서 체크아웃할 때, 팁과 함께 메시지를 적어 테이블 위에 올려두고 나오는 모습을 본 적이 있다. 낯선 사람에게 이런 방법으로 사랑을 전할 수 있다니! 나는 그게 너무 멋져 보였다. 그 모습을 본 뒤부터는 나도 메시지와 함께 팁을 두고 나오기 시작했다. 그러다 한번은 룸청소를 하시는 분께 답장을 받은 적도 있다. 우리는 낯선 이들과도 쉽게 다정할 수 있다. 예상치 못한 마음이 하루를 선물처럼 만들어줄 수도 있다는 걸 나는 이미 경험했기 때문에 계속해서 이런 선물을 하는 사람이고 싶다.

글을 쓰고 책을 만들면서 더욱 다양한 형태의 사랑을 보게 됐다. 지극히도 개인적이었던 기록물이 책이 되어 다른 주인을 만나는 모습을 보는 일은 여전히 신기하면서 동시에 긴장된다. 내 책을 읽어주는 사람들은 나와 함께 끝없이 주인 잃은 무덤을 떠도는 사람들이다. 그래서인지 나 스스로의 행복을 비는 것만큼의 간절함으로 그들의 행복을 빌어본다.

사랑은 언제나 순환하고 있다. 누군가를 만난다는 건 이별을 향해 걷는 일이고, 누군가와 이별한다는 건 다른 누군가와의 만남을 향해 걷는 일이라는 걸 깨달은 뒤에 『이별의 도피처 사랑의 도시』라는 책을 만들기도 했다. 나는 가족으로부터 받은 사랑으로 나 자신을 살피면서 동시에 타인에게 향하기도 한다. 타인 역시 나를 사랑할 수도 있지만 나 아닌 다른 누군가에게 가진 사랑을 나눌 것이다. 쌍방이 아닌 사랑에 분노하거나 절망할 필요가 없다. 중요한 건 받은 마음을 귀하게 여길 줄 알고, 어떤 방향으로든 사랑을 전하는 자세이다. 계속해서 사랑을 순환시키다 보면 우리는 언제나 사랑 안에 있게 된다.

나는 많은 이들을 통해 끊임없이 살아 있는 사랑을 학습하며 살아왔다. 무형의 것들이 글이 되었을 때 유형해질 수 있다는 것도 보았다. 어쩌면 나의 글쓰기는 사랑 예찬으로 시작해 사랑 예찬으로 끝나는 구조로, 단순하다 못해 시시할 수도 있다. 자전적인 사랑을 글로 쓰며 살고 있지만 앞으로는 사랑의 범위를 확장하여 다양한 인간애를 쓸 수 있는 사람이고 싶다. 나는 종교가 없지만 성서에 적힌 '사랑이 제일이다'라는 말에는 동의할 수 있다. 내겐 사랑만이 전부이며, 모든 문제의 정답은 사랑이다.

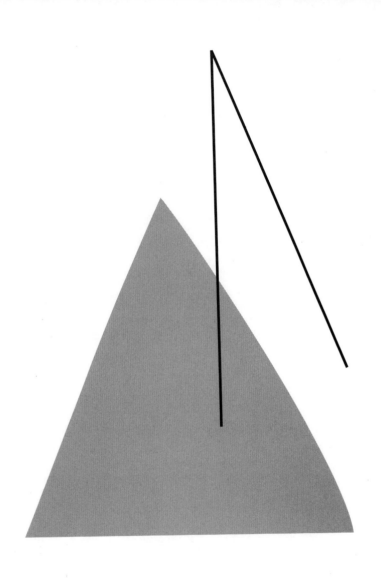

삶이라는 병명 / 존재의 이유

안리타

안리타

마음을 다해 삽니다.

무가지 『우리들의 청춘, Portrait』 독립출판물 『이, 별의 사각지대』 『사라지는, 살아지는』 『구겨진 편지는 고백하지 않는다』 『모든 계절이 유서였다』

독립출판 전시 <찢고 나온 문장들>

@hollossi

삶이라는 병명 / 존재의 이유

휘몰아치고찌르고찔리고뱉고삼키고토하는
전쟁 같은 하루의 끝에서 눈을 감으면
사건은 이미 사라지고 없고
단지 하나의 감정만 떠올랐다.
하나의 의식만 살아남았다.
그래 살아남았다.
살았다. 나는
살아있다.

그것을 썼다.
이 존재감이 나를 살게 하고 또 존재하게 한다.

이것은 단지 생존자의 기록이다

지쳐서 집에 들어오면 사건은 사라지고 없고, 살아있다. 는 느낌만 남는다. 오늘의 일들을 떠올리다 보면 나는 다만 웅크렸다 피는 하나의 동작으로 남는 사람이 된다.
살아있다.

창밖을 바라보고 있으면 창문이 내 눈동자 같다. 고 생각한다. 그렇게 생각하다 보면 창문이 나를 바라보는 것 같다는 생각도 든다. 그러다 보면 어쩌면 이 삶은 송두리째 거대한 악몽 속에 갇힌 느낌이 든다. 추운 밤이었고 추운 방이었다.

창밖으로 아무것도 보이지 않는 어둠이 내렸다. 나는 살아있다. 얼굴도 모르고 통성명도 하지 않은 밤 벌레 소리가 가만가만 나를 다독이고 있으면 오늘 만난 인간들보다 저들이 더 인자하다. 고 생각한다.

오늘 밤 밤이는 내 곁에 가까이 누웠다. 슬픔에도 냄새가 나는 모양이다. 가만히 눈을 감고 더럽혀진 마음을 계속 핥아주고 있다. 불안한 손금도 계속 핥아준다. 그럴 때면 밤이는 평생 만난 인간들보다 더 인간 같다. 는 생각을 한다. 내가 밤이를 살리는 줄 알았는데 밤이가 나를 살리고 있구나. 하는 생각도 든다. 나는 아직 살아 있다.

온갖 감정에 휩싸인 하루였다.
불을 끄고 침상에 누워 눈을 감는다.
이제 지구의 종말은 내 눈꺼풀 하나에 달렸다.

『모든 계절이 유서였다』 중에서

문장의 유래

1. 살고 싶었다, 살고 있어도, 살고 싶었다.
그래서 기껏해야 글을 썼다, 글을 썼고, 글을 썼다.

2. 언어는 태어나는 순간 시작된다.
우리는 모태로부터 분리불안을 물려받았다.
탄생하자마자, 잃어버린 것, 둘의 몸에서 하나를 상실한 것.
어미를 잃은 모두는 이제 긴 삶의 방황을 시작할 것이다.

3. 이제는 더 이상 자장가를 불러줄 사람이 없다.
이 노래가 나를 잠재우는 자장가일 것이라 믿었다.

4. 모든 것은 사건 이후에 찾아온다.

5. 우리는 사건의 은폐와 동시에 발설의 본능을 지니고 있다. 당나귀 귀가 필요하다. 당신들에게 나의 이 감정을 제발 읽어달라는 방식으로 간절히 숨기고 싶다. 그러나 제발 사라져달라고 밀치는 방식으로, 당신들의 옷자락을 붙잡고 있다.

6. 존재감을 찾고자 하는 행위는 인간의 가장 원초적인 본능이다. 사랑, 관계, 부, 명예, 예술, 정치, 철학, 과학. 모든 인간을 간절히 움직이게 하는 동력은 어떤 하나의 절대적인 무엇, 비가시적인 존재를 증명하고자 하는 의지이다.

7. 언어만으로 누구와도 상처를 주고받지 않는, 세계 하나쯤 구축하는 행위를 지속 중이다.

8. 나에게 글이란 실존적 탐미, 그리고 수행의 영역이다. 나는 작가가 아니며 시인도 아니며, 아직 여기 사는 자이며 최선을 다해 사는 생존자이다.

9. 나는 세상에서 가장 긴 유서를 쓸 것이다.

한때는 내 것이었던 가난한 몽상들이 몸집이 성장하는 동안에도
서로 어울리지 못하고 출가하지도 못하고 한데 뒤엉켜 살았던
것인데, 그 개별적 자아의 방을 만들어주는 일, 아마 저는 지금
그런 작업을 하고 있는지도 모릅니다.

다 다른 연대의 목소리들에게 내가 방을 지어줄 테니
거기서 나오지 말라. 고 명령하는 일.
아마도 그런 일을 하는지도 모릅니다.

『구겨진 편지는 고백하지 않는다』 중에서

일과

다 보낸다.
속엣것 다 나가라고 박박 떠밀어 웃으며 배웅했다.
등 떠밀고 가기 싫은 것들도 다 내치고
소식도 전하지 말라고, 외치고
뒤돌아 앉아서는

아무것도 남지 않는 흰 종이에다가
진짜 갔냐고. 어디로 갔냐고, 적는 일과를 보낸다.

여전히 모르는 것으로 남아 있는 모든 것

당신, 이라는 사건 뒤에 놓인 무한,
이것을 당신이라 부를까.

당신이 두고 간 이 무한을,

어떻게 내 손으로 끝장낼 수 있을까.

사랑 이후에 오는 것들

모두가 떠나고 혼자 남은 밤, 사랑이 되지 못한 문장들만 남아 나를 돌본다. 이곳에서 나는 만질 수 없는 시간의 편린들을 탐험하고 있다. 오늘도 혼자 남은 그 시간 속에서 문장을 만든다. 이런 걸 사랑이라도 불러도 될까.

사랑이라는 말.

사라진 곁에서 곁을 만드는 일.

동그란 하나의 달빛을 완성하며 농밀하게 다시 차오르는 일.

아무도 모르는 긴긴 어둠 속에서 온통 내 편뿐인 이 시간 속에서, 나는 이런 것을 완성하고 있다.

가령. 가장 빛나는 일. 가장 사랑하는 일.

구겨진 편지는 고백하지 않는다

사랑 없는 사랑은 어디서 살아야 할까.

당신에게 쓴 편지는 애당초 사용할 수 없는 마음이어서. 또각또각 꺾이는 연필심처럼, 나의 마음은 계속하여 무릎을 꿇고 있다. 당신을 떠올리는 것은, 이토록 당신과 무관한 채 이 삶 속에 몽유하는 것, 더 이상 당신을 향하지 않는 것.

이제 여기
쓸모를 다한 마음들은, 남아서 백지를 배회한다.
이 지면 위에서, 그들은 생존을 도모하기 시작한다.

사랑 그리고 이별, 그 불가능의 역사

완성될 줄 알았던 사랑의 이상이 바로 앞에서 좌초되었을 때 마치 삶은 한순간 소멸하는 듯했다. 무의식 기저에 잠든 그림자가 일제히 깨어났다. 사랑은 극단적 정신의 모든 경험이다.

시간이 지난 후에야 우리는, 한 사람을 사랑했다기보다는, 더는 불안하지 않을 어떤, 마음의 안식처가, 위태로운 삶을 지탱해나갈 또 다른 모태가 절실했을지도 모른다. 아늑한 정서적 유대감이 필요했다. 그리하여 누군가에게 사랑이란 절대성을 부여하며 그의 옷자락에 남은 생을 동여매려 시도하기도 했다. 그러나 영원할 것이라 믿었던 한 사람이 떠나갔고 정확히, 또, 한 사람도, 떠나갔고. 더 이상 부드럽게 흔들던 요람도 없어지자, 공포감에 휩싸여 갑자기 울음을 터뜨리는 아이처럼. 그렇게 우리는 사랑 이후에 늘 죽음을 보았을 것이다.

그러나

유일할 것 같았던 만남의 최후에, 공포와 같은 상실이 놓여 있을지라도, 우리는 살아갈 것이다. 살아 있으므로 살아갈 것이다.

사랑이 사랑이려면

진심은 이따금씩 발설과 동시에 훼손되어서
훼손된 채 영영 들켜버린 것이어서
고백을 할수록
마치 나의 죽음을 목도한 기분이 들었어.
죽어서야 들켜버린 내밀한 피처럼.

구겨진 채 놓여 있는 편지는 마음이 가득해서
발성되지 않은 그것을
사랑이 불러도 좋았다.

나는 서로를 지켜내었다.
물을 가득 머금은 항아리같이.

사랑이 사랑이려면
이렇게 살아서 울음을 다 삼키는 일.

때로는 어떤 마음이 어떤 마음에게 가닿는 그 길이
이 울음밖에 없음을
울음을 적셔내는 것은 오로지 울음뿐임을
알아차리기까지 우리는 얼마나 숱하게 울어야 했을까.

사랑이 사랑이려면 그래야 했지.
아마 구기는 편이 나았지.

이 책은 사랑이야기.
순수 무결한 이 독백만이
그 어디에도 다치지 않는 유일한 마음이라고.

이제는, 말할 수 있다.

당신을 사랑했고
마음을 다 썼다.

하나의 마음을 종결했다

당신을 썼다, 당신을 씀으로써
당신을 다 뜯어봄으로써
너무나도 당신이 없다는 것을 직시하는 방식으로,

여기, 나의 그리움은
당신이라는 부재에, 서서히 해방되는 방식으로,
하나의 마음을 종결했다.

존재감

내 존재의 울음은 오로지 당신의 부재 곁에서 강력해지는 까닭에, 당신이 여기 없음으로 온전히 나는 나에게 귀속되었다.

없는 것만을 간절히 갈구함으로써, 그득한 불안을, 고독을, 드디어 내 손으로 완전히 독점할 수 있으므로.

우리는 이따금씩 무언가 빠져나간 풍경 속에서 덩그러니 혼자 놓여 있곤 했다. 그 자리를 한동안 점령했던 공허가 끝나자, 어느덧 달빛, 바람, 꽃, 새소리, 적요한 것들이 그 자리를 서서히 메우기 시작한다.

떠났고, 떠났고, 떠났으며, 남아 있는 것

부재함으로써, 부재를 제외한 모든 것을 본다. 부재 이후에 놓인 것들을 본다. 결핍과 상실은 결국 잔존하는 이 현재를 강하게 증명하고 있다. 우리는 부재를 겪으며. 그에 대적하는 이면을, 존재감을 지속해나가고 있다.

결국 이 밤의 소멸을 질기게 맛본 이후에야 서서히 출몰하는 아침을 마주하듯, 충분히 상념을 맛본 후에야 남아 있는 것들의 자리를 둘러볼 것이다.

최선을 다해 그리워할 것, 고독할 것.
이런 기법의 쓰기는 존재를 드러내는 힘이 된다.

슬픔이 온다면

1. 슬픔을 맞이할 것
2. 슬픔을 받아들일 것
3. 슬퍼할 것
4. 뼛속까지 슬퍼하고 펑펑 울 것
5. 눈물이 마를 때까지 펑펑 울 것
6. 떠나려 한다면 보낼 것
7. 붙잡지 말고 단번에 보낼 것
8. 그리고 다시 슬픔을 몰랐던 시간으로
9. 돌아갈 것

치유의 과정

1. 부재를 최대치로 슬퍼할 것
2. 슬퍼하는 것이 누구인지를 주시할 것
3. 존재를 상기할 것
4. 부재를 인정할 것, 부재를 떠나보낼 것
5. 나의 허구도 떠나보낼 것
6. 고독할 것
7. 하나의 기록만을 남겨둘 것

당신을 그리는 일

당신을 그리는 일은 또 한 개의 강을 건너는 일.
아무도 모르는 당신의 마을에서 한 백 년쯤 울어보는 일.
이 슬픔의 지형은 이토록 아늑해서
이따금씩 눌러살아도 좋은 일.

그런 나라를 수십 개쯤은 혼자만 알아서
다 돌아누워보고 나면 흰머리가 자라겠다.

나 그쯤엔
잘 살았다 유언할 수 있겠다.

쉽게 쓰여진 단어는 없다. 한 단어를 적고는 스무 해를 살았고, 또 한 단어를 적고는 한 세기를 살았다. 그렇게 한 단어도 누군 가에게는 유적이고 화석일 것이다. 마음의 한 단어를 이해하려 면 그 사람의 일대기에 들어가 전 생애를 다 통과해보지 않고서 는 결코 알 수 없는 것. 들어가 오롯이 내 것처럼 느껴보지 않고 서 우리는 한 단어를 내뱉을 때 서로가 얼마나 다른 표정을 지어 야 하는 걸까.

우리는 다 다른 경험과 생의 주기와 상이한 의식의 스펙트럼을 지녔기 때문이다. 단어의 질량은 저마다의 삶 속에 다 다르게 작 용한다, 그리하여 우리는 서로의 모국어를 막연하게 추측만 할 수 있는 것이다.

오늘은 강, 이라는 단어를 적고는 한참을 울었다. 강을 보면 온 갖 물소리와 그 해 가을에 떠나 다시 돌아온 철새무리가 떠오른 다. 한 번씩 강변에 누워 철로 위를 달리는 기차 소리도 들린다. 떠나간 당신이 돌아오는 꿈을 꾸었다. 펑펑 울던 날 곁을 지키던 이름 없는 잡초의 촉감도 떠오른다. 강 건너 산 속으로 도망친 백구의 팔자도 보인다. 그 당시 나는 오래 풍토병을 앓았다. 그 후유증으로 오늘도 강이라는 단어를 적다가 살아나오느라 꼬박 하루를 다 썼다. 내게 한 단어 한 단어가 질긴 목숨과도 같았다.

글을 쓴다는 것은

글을 쓴다는 것은, 소복하게 쌓인 흰 눈을 처음 걸어보는 것처럼
지면 위에 조심히 살아 있음을 증명하는 행위와도 같다.

그렇게 걷고 걷다 보면, 발아래 온기를 따라 풀들도 자라고 꽃들
도 피겠지. 꽃잎 위에 나비도 앉고, 새 한 마리 찾아와 구름을 쪼
아대기도 하겠지. 빗방울이 한껏 정밀묘사하고 나면, 마음에는
다 자란 풀들이 온갖 녹음을 뽐내기도 하겠지.

『사라지는, 살아지는』 중에서

그러니까 글을 쓴다는 것은,
행간과 행간 사이 여기 없는 세계를 피워내는 일이다.
불가능을 관음하는 것이다.
한 획 한 획을 찢어 창을 내는 일이다.

한 단어 한 단어 최면을 걸어
순간을 확장하는 것이다.

그 세계의 문을 열고 대범하게 넘어가보는 일이다.
그 길을 낱낱이 탐험하는 일이다.

그렇게 아무도 모르는,
처녀지에 마음대로 활보해도 좋을 국가를 만드는 일이다.
아무도 손가락질하지 않는, 세계의 지배자가 되는 일이다.

마음은 흐른다

마음은 의미와 해답을 지시한다기보다는 그 자체로서 시공이 뒤틀린 하나의 물성에 가까웠다. 그러니까. 끊임없이 퇴적하며 변형되는 어떤 물줄기. 반복적인 태를 이루며 커지는 파도의 몸.

바람과 피
촉수와 춤
현상과 범람
시냅스와 시냅스

그것은 일그러지며 결합하며 다시금 해체되는 일련의 동일한 운동을 반복하며 하나의 전위적인 장면을 이룬다. 확고하다기보다 거대한 골격을 이루며 흘러가는 하나의 리듬처럼. 마음은 하얀 여백 위로 끝나지 않는 춤사위를 벌이고 있다. 생성되고 출렁이며 생은 거대한 사행곡선을 이루며 흘러간다.

우리는 어디서 만나서

당신과 나는 이 무질서의 질서 속에서 함께 출렁인다.

우리는 어떤 경로로 만나나.
우리는 어떤 율동으로 껴안나.
나를 관통하는 당신의 언어는 어디서 왔는가.
일순간 서로가 뒤엉켜 솟구치는, 파도와 파도.
서로가 끌어안고 침몰하는 좌표는 이 세계의 어디쯤에 표시할까.

우리는 이제 어디로 흘러가나.

백지를 걸었다

펼쳐진 백지를 단 한 번도 넘어선 적 없는 붓처럼
많은 선을 남기고 완성되는 검은 추상화처럼
단 한 번의 굴복 없이
완성된 채로 영영 지워져버린 그림처럼
아무도 백지 너머의 세계를 본 적 없는 것처럼

어느 방향으로 걸어야 할지 모르는 짐승처럼
혀를 내미는 단어와 길어지는 그림자가 있다.
백지를 자주 쓰다듬어야 했다.
유기된 언어의 목줄을 잡고 한 발 한 발 걷는다.
개, 같은 생각이 통제되지 않는다.

살점과 내장을 허공에 다 뜯기고 남은 흰 뼈처럼 말의 골조만 밤
새 빛이 났다.

말하려고 했던 말보다, 잃어버린 말이 더 많았고, 하고 싶은 말
보다는 할 수 없는 것들이 더 많았다.

살도 없는 감정은, 감정의 윤곽만을 드러낸 채 아무도 살지 않는
무덤 같다. 라고 쓴다.

마음의 조리개를 조인다.

중심에서부터 환해지는 느낌만을 골라낸다.

오늘도, 그 속에서 오래오래 살 것이다.

『이, 별의 사각지대』중에서

마음이라는 추상화

여기에 해체되고 분열된 문장이 있다. 무형의 내면을 명확히 언어로 옮긴다는 것은 불가능할 것이다. 마음은 마음이라는 단어를 닮지 않았고. 마음. 이라고 적더라도 그것은 마음이 아닌 까닭에. 단지

문장은 이미지 자체만으로도 하나의 오브제로서 의미를 다한다.

보이지 않는 허공처럼 한 줌의 공허한 메아리는 이 방에 가득 느낌으로 남아있다. 이야기들은 아귀가 맞지 않는 조각뿐이었다. 기형의 생각, 무의식에 가까운 발성, 얼굴이 없는 문장들, 나는 그것을 한참 고민한다.

무형의 마음이란 정돈된 적이 없다. 정리되지도 완성되지도 못한 채 매번 글을 마쳐야 했다. 알 수 없는 채로, 오묘한 채로, 그러나 그것은 어떤 경로인지 심장에서 심장으로 분명 당도하고야 마는 것이다. 이 느낌의 회로를 설명할 방도는 없다. 온도, 공기, 사랑, 떨림과 같은 그런 거겠지. 어쩌면 이 세상은 느낌이 전부일지도 모른다 생각했다.

이상한 말을 지껄이는 이 기록들은, 먼지 같으나 가볍지만은 않아서, 스쳐 사라진 모든 시간이 결코 만만치 않아서, 그렇게 이름 없는 한 사람의 포효가 절대 허무하지 않아서, 소립자처럼 잘게 쪼개진 마음의 파편이 모여 어떤 마음을 향해 하나의 거대한 느낌으로 당도하게 될지도 모른다.

느낌의 자서전

살아 있다고 내 심장을 두드리는 건
늘 보이지 않는 것이었다.
그러니까, 향기와 분위기에 관심이 많다.
표정보다는 그림자에 관심이 많다.
정면보다는 뒷면이, 포옹보다는 체온에 관심이 많다.

말이 막 발화하기 전이거나
말이 끝나는 지점에 멈춰 서 있을 때가 좋았다.

설명할 수 없는 느낌이 촉발하는 이 시간

언제까지나 여전히 모르는 것으로 남아 있는 모든 것이
나는 늘 간절하다. 알 수 있는 것은 아무것도 없지만 어쩌면
우리의 삶은 정의 내릴 수 없는 느낌이 전부일지도 모른다.

꽃이 피는 것보다 꽃이 진 자리가 나를 떨게 한다.
당신이 나에게 온 날보다, 당신이 나에게서 떠난 날,
이 문장은 시작된다.

어쩌면 나는 이 세상에 없는 것.

그리운 것을 영원히 사랑하기 위해 태어난 것 같다.

『이, 별의 사각지대』 중에서

문장의 속성

1. 입으로 뱉는 언어는 타자를 향하지만 씀, 의 행위 자체는 온전히 자신만을 겨냥한다.
이 과정에서 우리는 어떤 상처도 주고받지 않는다. 어둠의 페르소나는 타자에게 분노를 전이하지 않는다. 목적을 달성하는 속성이라기보다는 온갖 감정을 융해하고 정제하는 유일한 요소로 작용한다.

2. 사건에는 아무도 개입할 수 없다. 문장은 일방적으로 삶을 강요하지 않는다. 문장은 완성을 지시하지 않는다.

3. 문장은 발화되는 순간 나를 벗어난다. 타자의 의식이 된다. 문장은 발설과 동시에 하나의 인격체가 되어 나를 떠나는 고아이다.

4. 독자와 나 사이의 언어는 마음의 지형적 위상 관계에 따라 만나고 멀어진다. 나의 언어는 오로지 당신에 의해서만 변형되거나 그 의미를 상실하기도 한다.

5. 문장은 말없이 뒤섞이는 노래이다.
서로에게 상처를 주고받지 않는 유일한 화음이다.
우리의 호흡은 어떤 방식으로 뒤섞이는가.

6. 태가 곧고 농밀한 글들이 있다.
태가 곧고 농밀한 이해가 있다.

7. 우리는 이 무한한 시공간을 얼마나 자신의 지형 속에 깊이 함축하는가. 우리는 이 맞닿은 세계를 어떻게 아름답게 녹여내는가.

8. 문장은 비슷한 의식의 성층, 마음의 스펙트럼, 비슷한 경험의 지형에서 함께 출렁이며, 울며, 번지며 완성되는 것이다.

살아 있는 문장

언제까지도 살아 있는 문장은 몸 밖으로 들킨 적 없었다.
피처럼. 피처럼. 독백은 새어 나가지 않은 채 윤활한다.

이보다 더 팔딱거리는 언어는 없어서
심장이 자꾸만 뛰는 것.

사는 게
이토록 피가 도는 일이라면
바람이 계속해서 부는 이유와 같다면,
파도가 출렁이는 일이라면,
살아 있는 이유로 너도 나도 각각의 물상 안에서 격동하여
가슴을 치며 흐르는 일이라면.

살아 있는데도 살고 싶어서
이토록 피가 뛰는 문장을 펌프질 하고 있다.

살아 있는 글을 쓸 것

모든 사물은 저자의 눈을 거쳐야 비로소 탄생된다.
문장이 생동을 얻으려면 풍경에 당도하는 감각이 필요하다.
풍경이 되어볼 것, 꽃이, 바람이, 나무가 그리고 당신이
직접 그 무엇이 되어볼 것.

그 이후에 호흡을 불어넣은 문장을 서술해야 한다.
물밀듯 흘러가버린 하루의 공허에도 감미료를 친 맛 같은 것.
바람이 지나간 자리마다 채색법과 미감을 달리하는 풍경을,
자신 있는 레시피로 조리하는 것.

재료는 충분하다. 단어와 단어를 곱씹고 분해하여,
그 간격과 간격 사이에 숨을 불어넣는 작업.
감각을 서서히 깨우듯, 그렇게 살아 있는 글을 쓸 것.

내 손을 벗어난 언어

이것은 내 손을 벗어난 언어이다.

당신은 이 문장의 구석구석까지 탐미하며 씹어보고 소화를 할 것이고, 어떤 당신은 낯선 문장의 느낌에 당혹해 손사래를 치며 던져버릴 것이다.

언제까지고 언어라는 것은 이토록 저마다의 삶의 위상 속에서만 이해되는 것이다.

내 글은 온전히 이 손아귀에서 떠나 존재를 모르는 당신의 테이블 위에 나체로 놓인 누드의 정물이 될 것이다.

잠이 오지 않는 어떤 밤, 당신의 테이블 위에서 나의 언어가 어떤 방식으로 활보하는지, 다만 이렇게 떠올리는 것으로 남은 이 잔여감정을 다하는 것이다. 상실을 받아들여야 함은 오로지 내가 치러야 할 나의 몫이며, 이 고아를 떠안고 어떻게 연명을 하며 키울 것인지는 이제 당신의 몫이므로.

당신에게 망명한 나의 무수한 말들이 얼마나 오래 살아남는가. 추상해보는 밤이다. 이제 영영 나와는 무관한 채, 자신만의 세계를 확장해 걷고 있는 그들을 위해 나는 기껏해야 마지막 기도 따위를 해보는 것이다.

당신을 살아본다는 건

타자의 목소리에 귀 기울여 울어보는 것.
타자의 몸을 빌려 입고 그가 되어보는 것.
그 순간 분명 당신은 또 다른 세계를 획득하게 된다.

삶은 언제나 상이하면서도 기묘한 접경에서 무한히 확장되는
우주이다. 언어는 한 세계와 한 세계를 잇는 가교역할을 한다.

당신의 삶에게 손을 뻗는다.
당신을 살아본다는 건, 또 하나의 우주를 건너가는 것.

그 순간 다시 태어나 다음 생을 더 살아보는 일이다.

바닥 예찬

환상을 회피하려고 애쓰는 환상보다 위험한 환상은 없다.
_프랑수아 페늘롱(francois fenelon)

숱한 이름의 인격들 가운데 첫 번째 그녀는 글을 쓴다. 애증의 페르소나에 대해, 그것은 가장 어둡고 예민한 것. 깊이 함몰된 것, 쉽게 멀어지는 것.

오른손은 표정이 없다. 사건의 전말을 무시한 채, 오로지 그녀가 어떻게 넘어졌으며, 그리고 어떻게 울었으며 어떻게 일어섰는지. 그것만을 오랫동안 추적해왔다.

일으켜 세우기보다는 자주 등을 밀쳐 넘어뜨리는 방식으로. 그녀는 자신을 궁지에 몰고 또 그것을 관찰한다. 단연코 그녀는 넘어진 자신을 일으켜 세우지 않는다.
그리고 계속해서 살아내어라. 라는 문장을 적는 것이다.

내면의 농밀한 진실은 왜 모두를 불편하게 할까?

당신은 괜찮은 사람이에요. 용기를 내어요. 희망을 품어요. 라는 위로의 문장이 의지하기 좋다는 것을 알면서도 오른손은 자꾸만 근원을 긁는 불편한 문장을 쓰고 있는 것이다.

나는 그녀의 기록을 믿는다. 근본적으로 삶을 유리하게 바꾸는 힘은 고통이며 발악이며 몸부림이며 그림자라고 믿는다.

여기 아픔이 많은 한 여자가 있었다. 〈나는 그녀의 삶에 대해 기록을 하는 것이 사는 이유이자 천직임을 어쩔 도리가 없어 보인다.〉 암흑 속에서 들리는 그녀의 울음소리를 무시한 채 나아갈 수가 없었으니까, 끝없이 살아내라고 자꾸만 그녀를 더 궁지로 몰아넣고 있는 것이다. 아니

다행히도 나는 내적 균형을 잡으며 너무 잘살고 있다.

다 그녀와 오른손 덕분이다.

여전히 나의 글은 바닥에서 시작한다

불안과 공포, 고통과 고독은 모든 인간이 지닌 가장 훌륭한 질료
이다. 이 그림자를 회피하는 것이 아닌 직접 대면함으로써, 우리
는 반대의 이면을 발견하게 될 것이다. 모든 어두움은 빛을 극명
하게 한다.

이 삶에는 현실과 꿈, 좌절과 기대, 이별과 사랑, 절망과 희망, 이
처럼 환상인 것과 환상 아닌 것, 양면이 늘 공존한다. 나는 두리
뭉실한 희망을 말하기보다는 적나라한 실상과 상흔을 낱낱이 드
러냄으로써 어떻게 치료를 하는지 보여주는 방식으로 살아간다.

이것만이 실제로 마음의 내성을 기르는 유일한 방법이라고 믿는다.

추락하는 새는 날개가 없다

정확히 추락하는 새는 날개가 필요 없다.

날개가 없는 새는 불행하지만, 날개가 없어 날지 못한다는 것을
안다는 것은 큰 슬픔이지만, 그 큰 슬픔이 오래 지나간 자리엔
또 다른 풍경이 보이는 법.

땅바닥에 흩뿌려진 쌀 한 톨이나 좁쌀 같은 것.
한껏 씹어볼 만한 어떤 지푸라기 같은 것.

그 실재를 받아들임으로써 이상과의 간극을, 좌절감을 줄일 수
있겠다. 이 바닥의 지점만이 유일한 날개라 여기는 편이 더 사실
적인 까닭에. 어쩌면 날고 싶겠지만 날지 않아도 될 이유도 있다
는 것. 나는 아픔을 이런 방식으로 해방시키는 까닭에 밑바닥을
쪼아먹는 일을 반기는 사람.

정답은 없으므로. 나의 의지는 저 높은 이상이 아닌,
늘 이 현실의 바닥에서 생존을 도모해본다는 것.

모두가 날고자 할 때, 나는 날아야 할 의지를 저버렸다.
그러나 슬프지만은 않다.
추락하는 새는 더 이상 날개가 필요 없으므로.

비상이 어떠한 매혹으로도 작용되지 않을 때,
이 바닥에서 더 이상 떠오르기를 바라지 않을 때,
나는 까마득한 안갯속을 걸어나올 수 있을 것이라 믿으며.

공중에 떠오르는 달콤하고 매혹적인 허상에 취하지 않고 그것을
내 손으로 내동댕이칠 수 있을 때,
나의 실재는 더욱 강력해질 것이라 믿으며.

분명한 건
숨 붙어 자꾸 팔딱대는 문장은,
어둡고 깊은 곳에 살고 있다.

『구겨진 편지는 고백하지 않는다』 중에서

모든 것을 다 잃은 후에야 잘 보이는 것
그것을 보기 위해 잃기를 마다하지 않는 것

시력을 잃은 맹수는 이쯤 되면 살기 위해 맹목적일 수밖에 없다.
점차 강력해지는 이 미궁 앞에 이성을 다 잃은 채 사방으로 이리
펄쩍 저리 펄쩍 뛰는 것.

삶이라는 것이 모든 것을 잃고 난 이후에
이토록 강력한 생의 의지를 드러내고 말아서.

궁지 앞에서 절박해지는 방식으로
가장, 살고 싶은 몸짓의 춤을 추는 것.

모든 것을 다 잃은 후에야 잘 보이는 것.
그것을 보기 위해 잃기를 마다하지 않는 것.

숙명

미시적 세계의 절대성. 그러니까 존재 앞에는 명명할 수 있는 어떤 시제도, 수치도 방식도 없음을. 단지 끊임없이 들끓는 삶이라는 이 열병을 다 통과해나가야 함을. 운명처럼 받아들이는 것.

지속되는 이 생과, 나는 암묵적 계약을 체결했으므로 생물의 연대기를 계속하여 작성하는 것.

나. 라고 계속해서. 나. 였다고, 전언하는 것.
내 삶을 사는 것.
내 삶을. 살라는 임무를
이 생에 신실하게 완수하는 것.

아마 나는 남은 생애에는 온몸으로
세상에서 가장 긴 유서를 쓸 것이다.

목적

서툴러도 좋고 바보 같아도 좋다.
나의 말, 나의 생각, 나의 글, 나의 행동이 내 앞에서
한 점의 부끄러움도 없기를. 단지 그것만이 삶의 목적이길 바란다.

변명도
아부도
거짓도
교태도
교만도
자만도
이해도
아닌

내가 가진 이 진심이
세상 속에서 나에게만큼은 가장 강한 무기이길 바란다.

나의 언어를 살아야 한다

내 심장에서 나온 이 언어가 행동반경에서 벗어났을 때
그리하여 더 이상 내 양손으로 붙잡을 수 없을 때
나는 꼭 그 괴리 속에서만 불안을 취하는 고행자가 된다.

글보다는 행동이었다.

내가 내 언어에 당위를 가지기 위해서
나는 우선 이 언어를 살아야 한다.

책임감

글을 쓴다는 건 철저히 감성과 이성의 동등한 근력이 필요하다. 이성과 감성이 균열을 야기할 때, 양측을 탄탄히 이어주는 힘줄이 필요하다. 이성과 감성 중에서 한 지형으로 두 다리를 모두 옮기게 되면, 한 세계의 다리는 끊어질 수밖에 없다. 이성에 힘이 실리면 전달하고자 하는 마음의 호소가 어려워지고 감성에 힘이 실리게 되면, 마음의 추진력을 잃어 전달하고자 하는 의미를 잃는다. 양극의 힘이 균등하게 양쪽 진영을 지지하고 있을 때 안정적인 지적 사유가 가능할 것이다.

몰입은 언제까지 자기최면의 방식이며, 한 세계만을 확고히 믿어버리는 순간부터 우리는 삶의 지면 위에서 균형을 잃은 채 절뚝거리게 될 것이다.

감성의 기록이 감정에 휩싸이지 않고, 설득을 가지게 되려면, 반드시 납득 가능한 현실적 구도, 그러니까 뼈대가 되는 기반, 이성의 역할을 무시해서는 안 된다. 감정뿐인 글은 감정 속에서 자신조차 해방시키지 못하고, 타자까지도 어쩌면 미궁으로 인도하게 한다.

전적으로 글이란 무책임의 영역이다.

나로부터 시작한 이 활자가 내적 균형감각을 잃고 방황한 채로
써진다면 이미 위태로운 독자들은 같이 넘어질 수밖에 없다. 문
장은 어떤 책임도 지지 않는다. 단어 하나를 적더라도 무거운 책
임감을 느끼는 이유이다.

글을 쓰면서 두려운 건 딱 한 가지이다. 평가도 아니고 창피함도
잘 쓰고 싶다는 마음도 아니다. 과연 내가 글을 쓸 자격이 있는
사람인가. 내가 과연 글을 쓸 자격이 있는 사람인가.

항상 누군가에게 어떤 말을 할 때의 파장을 늘 고민한다. 우리는
모두 서툰 인간이니까. 마음 하나 다스리는 게 이렇게 어려운 인
간인 까닭에 오늘도 잘 쓰고 싶은 마음보다도 내가 과연 타자에
게 어떤 이야기를 전달할 할 자격이 있나. 생각해본다.

살아남아 볼게요

저는 언어를 엮는 일을 하지만
언어를 믿지 않아요.

말의 속성은 대체로 무책임의 영역에 가까웠습니다.
언어가 타자를 향할 때는 무척 신중해야 했습니다.

어쩌면 당신들에게 힘내, 라는 말을
침묵하는 것이 가장 큰 위로일지도 모른다 생각했습니다.

글이 삶을 결코 추월하지 않도록 매 순간 자신을 경계합니다.

차라리 당신 앞에서 제 스스로 넘어지고 일어서는
장면을 몸소 보여드리겠어요.

멀리서 당신의 어둠을 바라보고 조언하기보다는
울고 있는 당신 곁에서 제가 먼저 넘어져보겠습니다.
자주 넘어질 것이며,
넘어진 자리에서 방향을 다시 잡아갈 것입니다.

바닥이라는 말 참 좋아요.
여기 이 바닥.

적어도 저는 바닥에 대해서 만큼은
그 누구에게도 당당히 말할 자격을 획득할 것입니다.

그런 글을 쓰고 싶고요.
살아남아 볼게요.

어떻게 바닥에서 일어서는지.
한 사람이 이 바닥에서 어떻게 생존하는지.

이런 방식도 위로가 되는구나.
하는 문장을 몸짓으로 보여드리려고요.

아직 서툴지만
포기하지 않을래요.

불안을 걷는다

격동했던 하루치 풍경들이 빠져나간 그 자리, 어렴풋한 테를, 옮겨 적는 서기처럼. 순간을 기록하려 하고 있다. 기록한다는 것은 어떤 의미가 있는가. 흔들고 간 날짜들 속에 간신히 뼈대만 추려내 몸짓을 연상하는 것은, 이것이 이 생계에 어떤 의미가 있는가. 알 수는 없다.

다만 나의 손바닥 위에는 태초의 모반이 있어서. 그것을 계속해서 더듬어볼 뿐이다. 잃어버린 모태를 찾아가듯, 불안을 걸어나갈 뿐이다.

만약 내가 긴 방황의 끝에서 모국을 찾는 행위를 멈춘다면. 여기에는 어떠한 불안도 없다는 것을 안다면. 그 순간, 고아의 울음은 스스로 모성을 지닌 채 그 자체로 강력해질 것이라 믿는다.

상실을 탐미함으로써 존재를 발견하는 방식,
부재가 실존을 인식하는 방식, 그러니까 나의 기록은,
그토록 갈구하던 어미로서 남겨지길 바란다.
그때까지만 기록할 것이다.

우리는 이제, 어떤 수단으로,
더 이상 불안하지 않을 요람을 각자 만들어갈 것인가.

나는 작가가 아닌 생존자이다

건져 올린 것들은 손가락 사이로 쉽게 빠져나가고 손끝으로 물결의 감촉만 만졌다. 심해의 저 끝에는 숨도 닿지 않는 곳인데 심중을 파고들어 문장을 낚는다는 거, 마음이 궁금해 죽음까지 걸어가본 자들은 알겠지. 나는 숨 헐떡이는 데서 기껏해야 금속 박편이나 버려진 그물 따위를 낚아 올려 무엇이 걸렸던가 추리해보는 것인데. 거기서 무언가 건져 올린 사람은 분명 신을 보고 왔을 터.

나는 세상 예술가들이 그 심층에 닿아보았다는 것만으로도 대단한 용기라 생각한다. 진짜 삶이 예술가인 자들 말이다.

그리하여 나는 작가가 아닌 단지 생존자이다.
아무도 작가라 부르지 말기를.
나는 아직 아무것도 건져 올려본 적 없으므로.
지문에는 아직 익숙한 촉감 하나 없으므로.

이,별의 사각지대에서

최고의 문장은 아직 쓰이지 않은 독백이다.

세상에서 가장 아름다운 마음은
슬프고 고독한 자들의 것이고.

세상에서 가장 아름다운 문장은
아직 발견된 적 없는 울음이라고.

당신들의 조용한 침묵
나는 그것만을 너무나도 신뢰한다.

모든, 혼자된 어둠 속에 빛나는
당신들의 마음을, 가장 존경한다.

슬프다. 라거나 기쁘다. 라는 마음속에 얼마나 많은 감정이 섞여 있는지 분리할 수 있는 사람이 있을까요. 불행을 떨쳐낸다고 불행이 사라지지 않듯, 그 어떤 감정도 단칼로 잘라 버릴 수는 없는 노릇이었습니다. 그리하여 저는 저의 오랫동안 밀어내었던 두려운 감정을 온전히 안아주는 일을 현재 하고 있는지도 모릅니다. 이제는 슬픔을 기록하는 것이 익숙하지만 그것이 비단 슬픔에만 국한된 것은 아닌 까닭에 다, 다 아름다워요. 살아있는 동안은 최선을 다해 울고 웃으며 살 것입니다. 모든 감정을 다 통과하면서요. 아마도 저는 그런 걸 포기하지 않고 할 겁니다.

직업

마음에서부턴, 내 관여가 아니었다.

마음은 통제 불가능한 영역이라서
누군가를 사랑하는 것도, 사랑하지 않는 것도, 떠나는 것도,
머무는 것도, 내가 결정하는 영역이 아니라서 다만 나는
내 마음에게 길을 맡긴다.

마음이 하는 일을 무조건적으로 믿는 것
그것이 내가 하는 일.

내 직업은
기어코 마음이 원하는 그 삶을 살아내는 것이다.

그러니까 살아 있는 동안 살아 있을 것.
죽을 때까지 죽어 살지 말 것.
삶 없는 삶을 살지 않을 것.

사라지는, 살아지는

이 삶의 끝에 다다랐을 때 분명 나는 아무것도 아니었으며, 아무
것도 찾지 못했으며, 아무것도 깨닫지 못했으며, 삶의 목적도,
의미도 결국 없었으며, 단지 나는, 아무것도 알 수 없는 채로 무
한히 반복적으로 발버둥 치는 하나의 몸짓이다, 는 진실만을 알
고 사라질 것이다.

나, 라고 할 것도, 자부할 만한 것도, 안다고 내세울 것도
방향도 아무것도 없다는 건 지금도 분명하다.

다만 의미를 찾고 싶은 거야.
이 길고 지난한 생을 살아남기 위해선
이 존재를 증명하기 위한 원초적 본능으로서
단지 태어났으므로 부여받은 생의 의지로서

알 수 없는 채로 손을 뻗어 벽을 타오르고 있는 칡덩굴처럼,
눈앞의 끄나풀이라도 잡아야 조금씩 살아지는 거니까.

어떻게 살아야 할지도, 무엇이 좋은 글인지도 모르겠지만, 확고한 삶의 방식이 있는 것도 아니지만, 그렇다고 마음이 없는 건 아니어서.

아침마다 눈을 뜨면 이 생의 밑바닥을 최대치로 바라보는 것. 고통을 피하지 않고 다시금 깨어나는 모든 감정조차도 껴안고 나로 살아가는 거. 이 모든 일 초 일 초의 시간을 온전히 나로 살다가는 거. 아마 그건 누군가에게는 가장 어려운 일이고, 내가 현재 하고 있는 일이기도 하다.

마음이라는 말을 자주 쓰지만, 마음이 아직 뭔지는 모른다. 알려고 하고, 파고들수록 마음이 아픈 걸 보면 그곳은 손대지 말아야 할 보호구역임이 틀림없다. 나는 분명 이 관대한,전체인 마음을 다 알지 못한 채 늙어갈 것이다.

아마도, 우리는, 왜 사는지도 모르겠지만 막연한 어떤 것. 그러니까 마음 때문에 전 생을 열렬히 소모할 것이다.

이제 나는, 더 떠날 모국이 없어서 여기 이 책상에 앉아 진짜, 마지막 여행을 하고 있는 것 같다.

이상한 말들을 지껄이는 이 세계가 정답일 지도 모릅니다.
우리는 종종 자신의 이상한 생각이 주인공이 되고 마니까요.
저에게 세상은 절대적이지만은 않아 보입니다.

하늘을 닮지 않은 하늘이라는 말을 하늘이라 부르고, 어미를 닮지 않은 어미를 어미라 발성하는, 태어나 온통 자신이 짓지 않은 단어 뿐인 이 이원의 세계 속에서 자신의 모국어를 발명하는 행위. 저는 그런 걸 하고 싶어 하는지도 몰라요.

언어는 분명의 내면의 세계를 확장하는 일입니다. 태초에 존재하던 단어들을 잃어버리는 일. 타인에 의한 말의 홍수와 세상의 시간에 예속되지 않은 채 문장의 변두리를 자처하는 일. 세상의 단어들에 대항하고 짓밟는 일. 그것을 다시 이어 붙여 기괴해진 기형의 문장을 사랑하는 일. 그것을 끝까지 놓지 않는 일. 아마도 저는 그런 걸 하고 싶어하는지도 몰라요.

언어가 자신을 찌르는 날에도 그저 아파할 것. 몸살을 다 받고 오래오래 앓을 것. 눈 뜨는 새벽마다 어둠을 기록할 것. 아무도 쫓지 않는 어둠 속에서 어둠을 완전히 다 쓰는 사람이 될 것. 작가도 되지 않을 것. 그저 주어진 그 일을 하면서 살아갈 것, 살아야 한다는 생각도 하지 말 것.
저는 오래오래 그런 걸 할 것입니다.

나 그리고 이 생을 위해

그리도 아직 세상에 없는 나의 문장을 위해.

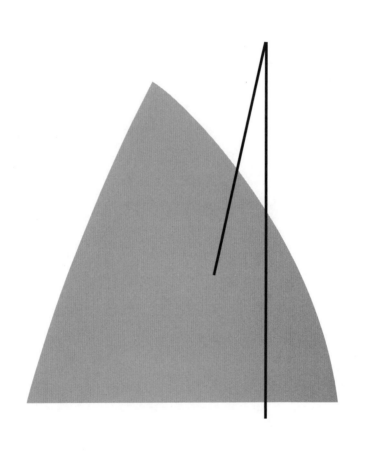

설원, 백지에

김종완

김종완

2015년

단편소설집 『너무 조용한 밤에』 / 독립출판물

단편소설집 『검은 점퍼를 입은 이상한 이야기들』 / 독립출판물

몽상소설집 『월요허구』 / 헤르츠나인 펴냄

2016년

단편소설집 『택시를 잡는 여자』 / 독립출판물

소설 『이상해』 / 독립출판물

단편소설집 『하염없이 눈 내리는 밤』 / 독립출판물

ROOM NUMBER 1213 (사진+소설집, 소설 참여) / 독립출판물

2017년

단편소설집 『연인들』 / 독립출판물

단상집 01 『달빛 아래 가만히』 / 독립출판물

단상집 02 『흩날리는 밤』 / 독립출판물

『저도 책 같은 걸 만드는데요』 (김현경, 김봉철, 김종완 공동작업 참여) / 독립출판물

2018년

단상집 『달빛 아래 가만히』 / 디자인이음 펴냄

단상집 03 『우리는 사랑을 사랑해』 / 독립출판물

단상집 04 『커피를 맛있게 마셔 잠이 오지 않으면』 / 독립출판물

2017~2018 공릉동 책방 '지구불시착'에서 〈밀실의 소설가들〉 워크숍 진행

@kimjongwankimjongwan

비가 내린다. (카페 2층 창가 자리에서, 글을 쓰기로 한다.) 내리기 시작하는 비에 우산을 펴든 이의 파란 우산 위로, 우산이 없어 허둥지둥 걸음을 재촉하는 이의 검은 구두에. 비 내리는 걸 아는지 모르는지 멈춰 멀뚱히 서 있는 이의 어깨 위로, 앞에 선 누군가를 쏘아보며 눈 한 번 깜빡이지 않는 이의 속눈썹에. 눈싸움이라도 하는 걸까. 비가 내리면, 비는 어디에나 누구에게나 내린다.

(나는 '멀뚱히 멈춰 서 있는'의 '멀뚱히'가 멀뚱히인지 멀뚱이인지 사전에서 찾아본다. 그런 다음, '멍하니'라고 고쳐 쓰려다가, 그냥 둔다.)

비는 정오 무렵부터 내렸다. 나는 거리가 잘 보이는 카페 2층 창가 자리에 앉아 테이블에 뜨거운 커피를 두고 비가 내리는 거리를, 비를 맞으며 거리를 지나는 사람들을 보고 있었다. ('사람

들에 시선을 두고 있었다.'라고 썼다가 '사람들을 보고 있었다.'
라고 고쳐 쓴다.) 일기예보에서는 밤부터 비가 내린다고 했는데
비는 낮부터 내렸다. 밤이 되기 전에 집에 들어갈 생각은 없었지
만 오전에 집을 나오면서 나는 우산을 챙기지 않았다. 내게는 우
산이 없었지만 다소 갑작스레 내리는 비에, 우산이 없는 사람들
이 거리에 꽤 있었다. 내가 우산이 없기 때문에 '갑작스레 내리
는 비'일 것이고, 같은 이유로 우산이 없는 사람들만 눈에 들어
오는 것이겠지만, 나는 우산이 없는 사람들이 꽤 있다는 것에 잠
시 안도했다. 계속 비가 내린다면, 편의점에 들러 우산을 사기로
했다. 그리고 생각보다 빨리 잃어버릴 것이다. 나는 우산을 정
말 잘 잃어버리니까.

카페의 2층 창가 자리에서는 빗소리가 잘 들렸다. 며칠간 날
씨가 좋았다가 오랜만에 비가 내렸다. 어제나 그제, 내가 모르는
사이에 비가 내렸는지도 모를 일이지만 이전 비가 언제 내렸는지
아무튼 기억나지 않으니 내게는 오랜만에 내리는 비인 것이다.

오늘은 11시가 조금 넘어서 ~~일어났다~~ 잠에서 깼다. 늦잠을 잔
것 같았지만 새벽 4시쯤 자려고 누웠으니 일곱 시간 정도 잔 것
이다. 평소보다 두 시간쯤 덜 잤다. 나는 잠을 꽤 많이 자는 편이
다. 일어날 때마다 내가 늦잠을 잤다 여기며 일어난다.

일어났을 땐 비가 내리지 않았었다.

나는 무언가 써보려고 카페에 왔고, 2층에 올라와 굳이 창가

자리가 나길 기다렸다가 창가 자리에 앉았다. (굳이 카페에, 굳이 2층에 올라와, 굳이 창가 자리가 나길, 굳이 기다렸다가…. '굳이'의 위치를 몇 번 바꿔본다. 지우는 게 낫겠다 싶지만.) 나는 '무언가' 써보려고 종이와 펜을 가져오기도 했고 노트북을 가져오기도 했고 스마트폰과 연결이 되는 블루투스 키보드를 가져오기도 했다.

글을 쓰는 도구는 글의 내용이나 분량 같은 것에 은근한 영향을 준다. 다른 사람들은 어떨지 모르겠지만.

한 달 전쯤, 모 월간지로부터 원고 청탁을 받았다. 메일을 보내온 담당자는 11월호에 짧은 분량의 소설 한 편을 싣고 싶다며 죽음, 폭력 같은 너무 자극적인 주제만 아니면 된다고 했다. 분량은 A4 1페이지에서 1페이지 반 정도. (한 달 전 청탁받은 원고를 이제야 쓴다.)

카페엔 카페 나름의 음악들이 연이어 흐르고 있었다. 귀에 잘 걸리지 않는, 친절하고 특별할 것 없는 음악 선곡이었다. 나는 소설을 어떻게 시작할까, 청탁받은 소설의 첫 문장을 떠올려보려 머리를 굴리고 있었다. 출발선에 Get Set, 하고 있는 육상 선수처럼, 노트북 자판 위에 두 손을 얹어놓고. (소설청부업자, 라는 말이 떠오른다.) 하지만 역시나 첫 문장은 잘 떠오르지 않았다.

첫 문장 없는 소설은 백지.

아직 아무것도 쓰지 않은 백지에 무언가 써볼 생각을 하고 있으면, 밤사이 눈 내려 하얀 설원에, 누구의 발자국도 없는 그 말끔한 곳에, 처음으로 발을 내딛는 기분이 든다. 설레기도 하고, 완전한 것을 더럽히는 것 같아 죄책감 비슷한 기분도 들고, 왠지 모를 공포도 느낀다. '소설'의 '설'은 '이야기 설(說)'일 테지만, 내게는 '눈 설(雪)'이기도 하다. 나는 설원을 돌아다니며, 조심스럽지 못해 그곳을 더럽히기도 할 것이며, 눈 밑에 파묻힌 문장들을 하나둘 찾아낼 것이다. '소설'이란 걸 써보려고 하면, 그런 느낌이 드는 것이다. 없는 문장들을 써서 지어낸다는 느낌이 아닌, 눈 밑에 묻혀 가려져 이미 있는 것들을 고고학자처럼 발굴하며 찾아내는 그런 느낌 말이다. 어떤 이야기든 소설은 쓰고 난 뒤에 보면 원래부터 완성된 이야기는 존재하고 있었고, 나는 그것을 내 나름대로 찾아냈을 뿐이다, 라는 느낌이 들 때가 많다. 거의 매번 그렇다.

(소설을 쓰기 전 앞에 놓인 백지는 아직 누구도 밟지 않은 설원 같다. 소설을 쓴다는 것은 눈에 덮여 이미 존재하고 있지만 보이지 않는 문장들을, 이야기를 나름대로 찾아내는 일일 뿐이다. 나는 내가 쓴 이 표현이 왠지 마음에 들어 입꼬리가 슬쩍 올라갔다.

그런데 곧이어 내가 모르고 있을 뿐 어떤 유명한 작가가 이미 한 말이면 어떡하지, 걱정이 되어 괜히 방 안을 서너 번 빙글빙글 돌았다. 그러고는 부엌으로 가 커피를 한 잔 내렸다. 책상 앞에 앉아, 커피 잔 뜨거운 커피에 코를 가까이 대보고, 다시 쓴다. 지금 시간은 어느새 자정에 가깝다. 시계의 숫자 '12'에 자석이라도 달린 듯 분침이 '12'에 점점 달라붙고 있다. 벌써 시간이 많이 지났다. 글을 쓰면 시간이 빨리 간다. 잘 써지는 때도 있고 아닌 때도 많지만, 거의 예외 없이 시간만큼은 빨리 간다. 글을 쓰는 가장 큰 이유는, 어쩌면 무심히 가는 시간을 잊고 살기 위해서, 시간을 빨리 보내기 위해서, 가 아닐까?)

첫 문장이 생각나지 않을 때는, 사실 하는 수 없다. 어떤 이미지가 떠오르고, 그것이 문장으로 바뀌어 눈 위에 찍힌 발자국들이 될 때를 기다리고 있는 수밖에 없는 것이다. (글을 쓰기 시작하면, 발자국만을 보게 된다. 내가 어디로 가는지는 잘 모른다.)

나는 카페 2층 창가 자리에 앉아 기다리고 있었다. 옆 테이블에서 대화하는 소리가 들렸고, 꽤나 억울한 일이 있는 듯 말하는 사람은 점점 목소리를 높였다. 듣는 사람에게 화를 내고 있는 건 아니고 아마도 회사에서 있었던 일들을 하소연하듯 맥락 없이 쏟아내고 있는 것 같았다. 듣는 사람은 턱을 괴고, 말하는 사람이 하는 말에 적당히 반응해주며 상대의 말들을 무난히 넘기고 있었다. 나는 그걸 보며 듣는 사람이 꽤나 차분하고 친절한 사람인 것 같다고 짐작했는데, 사실은 기다리고 있었던 것 같다. 그도 그럴 것이 말하는 사람이 분이 좀 풀려 목소리가 가라앉자 이제는 내 차례다, 하는 얼굴로 표정이 바뀌고 목소리 음량도 바뀌어 흥분하기 시작했기 때문이다. 이제 듣는 사람이 말하는 사람이 되었다. 아까 말했던 사람은 이제 듣는 사람이 되어 아까 들었던 사람이 그랬던 것처럼 상대의 말들에 적당히 반응해주고 있었다. 대화는 아닌 것 같고 말하자면 스포츠 같았다. 둘 사이엔 어떤 (이를 테면 한 사람이 말을 하고 싶어 할 때는 중간에 끼어들지 말고 끝까지 들어주기 같은) 룰 같은 게 있고 두 사람은 그에 따라 기술적으로 감정을 잘 사용하고 있는 듯 보였다. 한판 경기 같은 대화가 끝나자 그들은 표정을 풀고 웃으며 시시한 농담들을 나눴다. 그중 한 사람의 웃음소리가 특이했는데 나는 그 웃음소리를 신경 쓰고 있었다. (웃음소리를 자세히 묘사해야 하나, 나는 잠시 고민한다.)

"안녕하세요." 누군가 다가와 그녀에게 인사했다.

저 사람은 왜 저렇게 웃지? 나는 그 특이한 웃음소리를 신경 쓰고 있었는데… 공항 대합실이다. 동그란 모양의 단발머리, 여자가 한 손에 캐리어 손잡이를 잡고 서 있다. 나는 그녀의 뒷모습을 보고 있다. (나는 정말 보고 있다. 꿈이라는 것을 알면서 꿈을 꾸는 자각몽처럼. '자각몽처럼 보고 있다'는 것은 소설이 시작되었다는 신호다.) 그녀의 시선이 향해 있는 쪽에서 어떤 남자가 다가와 "안녕하세요." 인사를 건넨다. 아마도 그녀는 남자가 다가와 인사를 하기 전부터 남자를 보고 있었던 것 같다(는 생각이 든다).

오후 2시가 조금 지난, 시간이 나른하게 늘어지는 햇살 좋은 오후다. 공항 커다란 창유리를 통해 햇살이 쏟아져 들어온다.

공기는 건조한 편이어서 콧속이 마르고, 일교차 심한 가을 날씨에 걸친 외투 때문에 그녀는 햇살에 부유하는 먼지들이 신경 쓰인다. 가지런한 이를 슬쩍 드러내며 다가와 인사하는 남자를 보며 그녀는 고개를 갸우뚱 기울였다.

"네, 안녕하세요." 뾰족한 송곳니를 애매하게 드러내며 그녀도 인사했다.

나는 이제 막 인사를 나눈 그들을 방해하지 않으려 노력하며 시선의 각도를 돌린다. 그녀는 모서리가 둥근 네모 모양 안경을 썼다. 아무래도 시력이 좋은 사람은 아닌 것 같다. 그녀의 얼굴 표정을 본다. 반가워하는 남자와는 달리 그녀는 어쩐지 난감한 표정이다. 나는 아직 이 두 사람이 어떤 사이인지, 무슨 이야기를 나누려는 건지, 남자는 여자에게 왜 다가온 건지 같은 것들에 대해 알고 있는 것이 거의 없다. (더 정확하게 말하려면 나는 알고 있지만 내가 알고 있는 것들을 아직 알아내지 못했다, 라고 해야 한다.) 이쯤에서 내가 하는 일은 조급해하지 않고 남자가 어떤 말을 하거나, 그녀가 속으로 무슨 생각을 하기를, 아니면 그 두 사람 주변에서 어떤 사건이 일어나기를 기다리는 것뿐이다. 내가 그들에게 말을 걸거나, '그들의 흐름'을 방해하며, 어떤 식으로든 영향을 미치려고 한다면 그들은 이상한 눈으로 나를 쳐다보며 이상한 행동을 하기 시작할 것이다. 그렇게 되면 이야기는 자연스럽지 못하게 되고, 결국에 나는 거의 매번 이런 상황을 수습하지 못했으므로 일단은 지켜보기로 하는 것이다. 나는 그 작은 세계를 만들어낸 것이 아니고, 잠시 들어가게 된 것뿐이므로 그곳에서 내가 직접 할 수 있는 건 거의 없다.

처음에 어떤 이미지가 떠오르고, 공간감이 생기고, 그 공간 안에서 내가 숨 쉬고 있다는 실감이 의식 속에 들어오면, 그 안의 인물들도 하나둘 움직이기 시작한다. 나는 어떻게든 이야기의 끝, 끝이 있는 이야기가 있다 믿으며 조급해하지 않고 찬찬히, 조심스럽게 지켜본다.

나는 방해하지 않는다. 그것이 소설 속 세계에서 내가 정해놓은 룰이다.

나는 '문학'이란 것에 대해 알고 있는 것이 거의 없다. 다만 내가 알고 있는 것은 문학은, 인간에 대해 말한다는 것이다. 인간이 하나도 등장하지 않는 이야기라 할지라도 결국 소설이란 것은 인간에 대한 이야기다. 그렇다면 아무리 짧은 이야기라도 내가 마음대로 할 수는 없다. 전지전능한 어떤 존재가 신이라면, 작가는 자신의 글에 있어서 신이 아니다. 작가는 그저 소설 속 세계에 초대된 사람에 불과하기 때문이다. (가끔은 불청객이기도 하다.) 작가는 자신만의 방식으로 그 세계를 표현해내는 것뿐이지 그 세계를 마음대로 할 수는 없다. 소설의 등장인물들은 작가의 꼭두각시가 아니다.

그리고 이것은 어디까지나 소설을 쓸 때의 내 감각, 경험일 뿐 다른 작가가 어떤 식으로 글을 쓰는지 나는 잘 알지 못한다.

제대로 된 작가는 그런 식으로 글을, 소설을 쓰지 않는다, 라고 누군가 내게 말한다면 나는 제대로 된 작가가 아니어도 상관없다. 소설 같은 걸 쓰고는 있지만 제대로 된 소설 같은 건 아직 써본 적 없어서 나는 아직 소설의 제대로 된 작법 같은 건 모른다.

제대로 된 작가가 된다면 결과적으로는 좋은 일이겠지만, 제대로 된 작가가 되려고 글을 쓰고 싶지는 않다. (그럼 무엇 때문에?) 다만 좋아하는 사람과의 대화든, 시험 기간에 하는 몇 판의 게임이든, 나름의 좋아하는 걸 하고 있으면 시간이 빨리 간다는 걸 알고 있다. 글을, 특히 소설 쓰기는 내게, 하고 있으면 시간이 빨리 가는 것 중 하나이므로 아마도 내가 좋아하는 것이라고 짐작해볼 수 있다. 소설을 쓰면 시간이 빨리 간다. 그래서 쓰는 것이다. 내가 좋아하는 일이기 때문에.

아직 내가 제대로 된 작가가 아니라서 이렇게 생각하는 것일 수도 있다.

먼저 말을 꺼낸 건 남자 쪽이다. 그녀에게 인사를 하고, 남자는 그녀의 안부를 물었다.

"오랜만이에요, 미옥 씨. 잘 지내셨어요?"

그녀의 이름은 "미옥 씨"다. 이것은 내가 그녀에게 이름을 지어주었다기보다, 공항 대합실에서 이가 가지런한 남자가, 그녀를 "미옥 씨"라고 불렀기 때문에, 그녀는 이제 "미옥 씨"다. (그럼에도 그 이름이 어쩐지 마음에 안 들면 나는 시간을 들여 남자가 다시 다른 이름으로 그녀를 부르길 기다려보고 마음에 드는 이름을 찾기도 하지만, 이번엔 그녀가 정말로 미옥 씨인 것 같아 미옥 씨, 라고 썼다. 소설 속 등장인물의 이름은 처음 떠올랐던 이름이 가장 어울리는 경우가 많았다.)

미옥은 남자의 왼쪽 귀, 윗입술, 눈두덩이, 이마, 목울대 등등 얼굴 여기저기를 살펴봤다. 그녀는 뭐라 말을 하고 싶었지만 우물쭈물했다. 그녀는 괜히 안경을 한번 추어올렸다. 모서리가 둥근 네모 안경. 어색한 분위기가 감돌았고 남자는 미옥이 자신을 알아보지 못한다는 걸 직감했다.

남자의 이름은 아직 모른다. 몇 가지 이름들이 떠오르지만 그건 내가 떠올린 이름들일 뿐이다.

공항 스피커에서는 14시 20분 도착 예정인 항공편의 연착 소식을 알리고, 곧이어 하노이행 비행기가 곧 출발하오니 누구누구 씨는 어서 탑승해주시길 바란다는 안내 방송이 나오고 있다. 미옥과 남자는 머쓱하게 서로를 보고 서 있다. 그들은 흘러나오는 안내 방송에 잠시 기대어 있었다.

이 지점에서 나는 내가 미옥이라는 인물에 대해 몇 가지를 알고 있다는 걸 알게 된다. 그런데 동시에 미옥이 남자에게 어떤 말을 하려고 한다. 나는 TV 리모컨의 일시정지 버튼을 누르듯 잠시 멈춘 다음 미옥이 하려는 말을 먼저 들어볼지, 그녀에 대해 좀 더 말해볼지, 생각한다. 나는 의도를 거의 갖지 않고 비 내리는 창밖에 시선을 두고 옆에 놓인 커피를 홀짝이며 기다렸다. (나는 여기서 카페에서 글을 쓰는 내가 테이블 위에 있던 커피를 언급하지 않았다는 걸 확인하고 글의 초반부로 다시 가서 테이블에 뜨거운 커피를 두고, 라고 써넣었다. 공간 배경이 카페라고는 해도 없던 커피가 필요에 의해 불쑥 등장하는 느낌이 들었기 때문이다. 커피를 마시는 대목을 쓰기 위해 갑자기 커피가 등장하는 건 자연스럽지 않다. 커피는 내가 카페에 와 2층 창가 자리에 앉았을 때부터 테이블 위에 놓여 있었기 때문이다.) 그러는 사이 옆 테이블 사람들이 갔다. 잠시 자리가 비었다가 뒤이어 '임상심리학' 책과 노트북을 들고 온 사람이 와서 앉았다. '임상심리학' 책을 들고 다니는 사람은 그렇지 않은 사람보다 인간에 대해 얼마나 더 알고 있을까? 나는 옆 테이블 위에 놓인 '임상심리학' 책의 표지와 책의 두께를 훔끔댔다.

미옥이 입술을 오므려 뾰족한 송곳니를 감춘다. 미옥에게는 콤플렉스가 있는 것 같지만 그것에 대해 직접적으로 소설에 쓰진 않을 것이다.

"저기 그런데, 죄송한데요, 누구시죠?" 미옥이 말했다. "제가 사람 얼굴을 잘 기억 못해서요."

남자는 머쓱한지 입을 다물고 눈썹을 올렸다. 접은 부채처럼 이마에 주름이 진다. 남자는 적갈색으로 옅게 격자무늬 패턴이 들어간 짙은 회색 정장을 입고 검은 구두를 신었다. 키는 170센티미터가 조금 넘고, 앞에 있는 미옥도 그와 키가 비슷하다.

남자의 인상착의가 떠올랐으나 구체적으로 쓰지 않기로 한다. 남자의 인상착의에 대한 묘사는 웃을 때 가지런한 이를 드러낸다, 정도가 적당한 것 같다.

그의 입 모양은 웃으려 노력하지만 잘 되지 않는다. 설명하고 싶어 하지만 어디서부터 어떻게 설명해야 하는지 그는 잘 모른다. 그가 머뭇대며 난감해하자 미옥이 분위기를 수습하려 저기, 하며 운을 뗐다. 남자가 누군지는 모르겠지만, 그가 아주 모르는 사람은 아닐 것이라고 그녀는 느꼈다. 한 무리의 단체 승객들이 왁자지껄하게 떠들며 각자의 캐리어를 끌고 그들 옆을 요란하게 지나고 있었다. 그녀는 무언가 말을 하려다 멈추고 요란한 사람들의 요란한 바퀴 소리가 다 지나가기를 기다렸다.

"죄송하지만, 절 어떻게 아세요?"

미옥이 물었다.

미옥이 남자에게 자신을 어떻게 아느냐고 묻기 전까지, 나 역시 남자가 미옥을 어떻게 알고 있는지 잘 모르고 있었다. 그런데 미옥이 "절 어떻게 아세요?"라고 묻자 내 안에서 곧 대답이 나왔다. 열쇠로 잠긴 문을 열듯 미옥의 말이 열쇠가 되어 그 대답을 찾게 된 것이다. 소설 속의 남자가 미옥을 어떻게 알고 있는지 이제 나는 알게 되었다. 그렇지만 남자는 그것을 바로 얘기하지 않는다.

"아닙니다. 기억나지 않으시면 어쩔 수 없지요. 별로 중요한 사람은 아니니 신경 쓰지 마세요." 남자가 말했다. "실례 많았습니다."

남자는 실례 많았다고 말했지만 곧바로 가지 않고 눈썹 끝을 손톱으로 긁적이고 있을 뿐이었다. 남자는 미옥의 말을 기다리고 있었다. 미옥은 아랫입술을 조금 내밀고 손가락으로 그것을 가볍게 튕기고 있었다. 그녀 역시 말을 고르며 적당한 말이 입 밖으로 나오길 기다리고 있었다.

나는 '튕기다'와 '통기다'를 사전에서 찾아본다. 옆 테이블에 앉은 '임상심리학'은 한쪽엔 책을 펴놓고 책과 노트북 화면을 번갈아 보며 노트북 자판을 두드리고 있다. '임상심리학' 책을 참고해 어떤 글을 쓰고 있는 것이겠지만, 어쩌면 전혀 관계없는 글을 쓰고 있는지도 모른다. (이를테면, 연애소설? 아니다. 연애소설이야말로 '임상심리학'과 관련이 있다.)

"저는 타이베이로 가는데, 어디로 가세요?"

미옥이 남자에게 물었다. 공항에서 만난 사람이니 공항 직원이 아닌 이상 어디론가 가는 사람일 것이다. 남자는 공항 직원처럼 보이진 않았다. 남자의 눈썹이 올라가고 이마가 다시 접은 부채처럼 접한다. 남자가 자신을 알고 있다면, 어떤 사이인지 미옥은 알고 싶었다. 어쩐지 마음에 걸리는 것이 있었다. 그녀가 잘 알지 못하는 누군가를 알아보려면 얼굴이 아닌 다른 단서(같은 것)이 필요하기 때문에 그녀는 남자와 좀 더 대화를 해봐야 한다. 미옥은 종종 이런 일을 겪곤 했다.

"오사카요. 저는 오사카에… 여행은 아니고요."

남자가 말했다.

"네."

미옥은 남자의 목소리를 듣다가, 자신이 남자를 알고 있다고 짐작했다. 하지만 남자가 누구인지 바로 알 수는 없었다.

"그런데," 잠시 기다린 다음 남자가 미옥에게 말했다. "타이베이에 또 가시네요?"

전에 미옥은 타이베이에 간 적이 있다. 남자는 그것을 알고 있다. 나는 타이베이인지 타이페이인지 인터넷을 검색해 찾아보았다. 그리고 남자를 보며 눈을 동그랗게 뜬 미옥의 얼굴을 잠시 보고 있었는데, 전화가 걸려 왔다. 나는 나의 작은 자각몽에서 잠시 빠져나온다. 통화 버튼을 누른다.

(오늘은 여기까지 쓴다. 어느덧 시간이 새벽 5시를 넘어갔다. 검은 밤에 파란 빛이 스며들고, 내 얼굴에도 파란 잠이 스며든다.)

(기억나지 않는 꿈을 꾸고 정오쯤 일어나 즉석밥을 전자레인지에 돌리고 참치 통조림을 따서 대충 점심을 먹었다. 티백 녹차

한 잔을 책상에 두고 이어서 쓴다.) 전화를 걸어온 ㅂ은 커피나 한 잔 하자고 했다. 비의 형태가 조금 바뀌어 이제는 부슬비만 흩날리듯 내린다. 오후 3시가 조금 못 되었다. 나는 그러자고 했다. ㅂ은 20분 안에 가겠다고 했다.

나는 ㅂ을 기다리는 동안 화장실에 한 번 다녀왔고, 커피를 한 잔 더 주문했다. 그래도 10분 정도가 남아 소설을 조금이라도 이어서 쓸까 했지만 미옥과 남자가 있는 그 공항으로 곧바로 들어가기는 어려웠다. 나는 잠시만 멍하게 있기로 했다.

'여행이 아니라면 남자는 오사카에 무슨 일로 가는 걸까?'

'미옥은 타이베이에 며칠 정도 있다 오는 걸까? 일주일? 그보다 더 오래?'

멍하게 있으니 이런저런 생각이 자리를 비집고 들어왔다. 짧은 분량의 소설이므로 남자가 오사카에 가는 이유나, 미옥이 얼마 동안 타이베이에 머무는지, 이런 것들을 직접적으로 소설에 쓰지는 않을 것이다. 그것은 중요하지 않을 수 있다. 하지만 소설에 쓰지 않는 내용이어도 나는 그것들을 알고 싶다.

ㅂ이 들고 온 허브차 한 잔과 책을 테이블에 놓으며 앉았다. ㅂ은 우산을 챙겨 왔다. ㅂ은 우산을 잘 챙기는 편이고, 커피는 마시지 않는다. 옆 테이블엔 '임상심리학'이 여전히 책과 노트북 화면을 번갈아 보며 자신의 일에 몰두하고 있었다.

ㅂ은 3년 전쯤 공무원 시험에 합격해 도서관에서 근무하고 있다. 원래는 건축공학 전공이었는데 책을 좋아해서 문헌정보학과

수업을 들으며 복수전공을 했다. 그러면서 공무원 시험을 준비하게 되었는데, 그게 6년 전쯤이었다. 나도 그때 ㅂ과 함께 9급 공무원 시험을 준비했었다. ㅂ은 공무원이 되었고, 나는 작년까지 시험공부를 계속했었다. 안 되겠다 싶어 그만두었지만. 시험공부만 하고 있었던 것도 아니지만.

ㅂ이 말했다.

"주위에 온통 책들뿐인데, 오히려 도서관 근무 전보다 책을 더 못 읽지. 다른 행정 업무가 많아서 그렇기도 하지만, 그게 아니더라도 어쩐지 그렇게 되더라고. 시간도 없고 마음에 여유도 없고. 집에 가면 TV만 멍하게 보고 있어."

그럼에도 ㅂ은 늘 책을 가지고 다닌다. 그의 찻잔 옆엔 윌리엄 서머셋 모음의 장편소설 『달과 6펜스』가 놓여 있다.

(나는 평소 책을 별로 읽지 않는 편이다. 『달과 6펜스』 역시 아직 읽어보지 않았다. 내가 만약 글을 쓰는 사람이라면 책을 많이 읽어야 하는데 말이다. (많이 읽어야 한다고 알고 있다.)

나는 내가 글을 쓰는 사람이라고 의식적으로 생각하고 있진 않지만 그럼에도 책을 별로 읽지 않는 것에 대해 약간의 죄책감과 부끄러움을 갖고 있다. 그래서 책을 많이 읽지 않는 내가 쓰는 글은 글 '같은 것'일 뿐 제대로 된 글이 아닌지도 모른다는 생각도 갖고 있다. 그렇다면 '제대로 된' 글이란 뭘까? 그런데 그것에 대해 나는 어쩐지 모르고 싶다. 아무튼 결과적으로 제대로 된 글을 쓰게 된다면 좋은 일이겠지만 어떻게 쓴 글이 '제대로 된'

글인지, 그것에 대해 미리 알고 싶지는 않은 것이다.

지금 시각은 오후 4시 15분. 옆에 복숭아를 잘라놓은 접시를 두고, 글을 쓴다. 작은 책상 앞에 앉아 '글을 쓴다는 것'에 대해 쓰고 있지만 내가 글을 쓰고 있다는 실감은 별로 없다. 사실 글을 쓰고 있을 땐 글을 쓰고 있다는 느낌이 잘 들지 않는다. 글을 쓴다기보다 돌아다닌다는 느낌에 가깝다.)

"뭐 하고 있었어?"

ㅂ이 물었다. 모 잡지사로부터 단편소설 청탁을 받아 그것을 쓰고 있었다고 했다. 원고 청탁도 받고 이젠 정말 글 써서 사는 사람이 되었다며 ㅂ은 뿌듯해했다. 지금의 생활이 이전의 '우울한 수험생' 생활보다는 훨씬 나아 보인다며. 나도 그렇게 생각한다고 했다.

"그렇지만 글만 써서 생활할 정도는 아니지." 내가 말했다. "글 써서 분량이 어느 정도 모이면 책도 만들고, 그거 팔아서 생활 비슷한 걸 하고 있어."

ㅂ이 소설만 쓰고 있느냐고 묻길래, 예전보다 소설은 뜸하게 쓰고 요즘은 시도 에세이도 아닌 어중간한 글을 쓰고 있다고 했다. 그런 글들을 엮어 만든 책들이 생각보다 잘 팔리고 있다고 ㅂ에게 말했다. "다행이네." ㅂ이 말했다. 어딘지 모르게 불안한 표정을 하고서.

지금 나의 생활은 작가라기보다는 '출판업 종사자'다. 물론 다른 사람의 글이 아닌 내가 쓴 글을 내가 책으로 만들어 독립출판이라는 형태로 서점에 납품도 하고 직접 판매도 하고 있는데, 이런 일은 글을 써서 돈을 번다기보다는 책을 만들어 생활을 이어나가고 있다는 느낌에 더 가까이 있는 것이다. 마음먹기에 따라 책을 만드는 것보다 글을 쓰는 행위에 더 중점을 둘 수도 있겠지만.

"내가 '글을 쓰는 사람'이 되어버리면 글을 쓰는 것에 필요 이상으로 무게가 실리고 그러면 부담되고 힘들어져서… 글을 쓰고는 있지만 글을 쓰는 사람은 되고 싶지 않은 것이 아닐까? 글을 계속 쓰고 싶은데 글을 쓴다는 것에 대해 부담을 느끼고 싶지는 않으니까. 부담을 느끼다 보면, 아무래도 튕겨져 나갈 가능성이 높아지잖아." 나는 ㅂ에게 말했다.

"직업이란 게 그런 것 같네." ㅂ이 말했다. ㅂ과 나는 허전한 말들을 좀 더 나누었다. 그 사이 '임상심리학'이 커피를 한 잔 더 주문해 자신의 테이블로 가져왔다. 이제 '임상심리학'의 테이블엔 커피 잔이 두 개다.

부슬부슬 내리던 비는 이제 완전히 그쳤다.

(길다면 길었던 공무원 수험 기간 동안 나는 종종 카페에 가 소설이랍시고 글을 쓰곤 했었다. 답답한 수험 생활 속에서, 일종의 현실 도피 방법 중 하나로 나는 '소설 쓰기'를 선택한 것이다. 시험에 붙을 생각이었으면 현실 도피 방법 중 그 무엇도 선택해서는 안 될 일이었지만. 아무튼 '행정법 총론', '한 달 만에 끝내는 공무원 영단어' 같은 책들을 한쪽에 두고 커피를 마시며 소설을 썼다. 결과적으로 공무원은 되지 못했지만, 어쩌다 보니 글도

쓰고 책도 만들어 생활해가고 있다. 목표를 따라가다가, 마음에 이끌려 마음이 가는 방향으로 가다 보니 이렇게 살아가게 되었다. 나는 지금의 생활을 충분히 좋아하고 있다.)

저녁에 일정이 있는 ㅂ이 가고, 나는 허전한 마음이 들었다. 아까 쓰다 멈춘 소설을 이어서 써볼까 했는데 저녁도 먹고 어쩐지 자리를 옮기고 싶어서, 나는 노트북이며 지갑이며 짐을 챙겨서 일단 밖으로 나갔다.

거리에 비는 그쳐 있었다. 젖은 보도블록 길 위로 접은 우산을 든 사람들이 지나가고 있었다. 나는 목적지를 정하지 않고 걸었다. 걷다가 횡단보도 신호등이 바뀌면 길을 건넜고, 파란 우산을 든 사람이 왼쪽 길로 가면 파란색을 따라 나도 왼쪽 길로 갔다. 그러다 배가 고파져서 근처 음식점 간판들을 보다가 노란 쌀국수 집 간판이 눈에 들어왔고, 별 망설임 없이 그리로 갔다. 쌀국수 하나를 주문해 먹었는데, 비가 내린 직후라 그런지 왠지 생각보다 맛있었다. 목적지를 정해놓지 않고 걸었는데 우연히 들어가게 된 쌀국수 집의 쌀국수가 정말 맛있을 때, 나는 '소설 쓰기'에 대해 다시 한번 생각해보게 된다. 어떤 끝이 있는지 전혀 알지 못한 채로 설원, 아무것도 보이지 않는 백지에 첫 문장을 시작으로 소설을 써내려가다 보면, 꽤 마음에 드는 이야기의 끝에 다다르게 되는 경우가 있다. 소설을 써보기 전까지는 알 수 없는 것이었다. 그렇지만 그 이야기의 결말은, 내가 소설을 쓰기 시작했을 때, 하얀 설원에 첫발을 내디뎠을 때, 이미 정해져 있는지도 모른다. 다만 나는 그것을 알지 못한 채로 소설을 써내려 갈 뿐이고. 그런 생각이 든다. 내가 카페에서 나와 저녁을 먹어야겠다고 생각했을 때, 이미 내 발걸음은 내가 알지도 못하는 쌀국수 집으로 향하고 있었는지도 모른다는 말이다. 이상한 말인 것 같지만, 운명 같은 게 있다면 이런 식이 아닐까. 우연히 들어간 식당의 음식 맛이 생각보다 맛있다거나, 소설을 다 쓰고 나서 생각지도 못한 결말이 꽤 마음에 들 때, 나는 운명 같은 것을 느낀다. 분량이 어떻든 간에 한 편의 소설을 쓰고 나면, 운명처럼 정해진 끝을 향해 내달리는 한 번의 생을 살아본 것 같은 기분이 들기도 하는 것이다. 너무 거창하게 말한 것 같지만.

아무튼 맛있는 쌀국수였다.

나는 아까 쓰다가 멈춘 소설을 마무리 짓고 싶었다. 쌀국수 집을 나와 집으로 갈까 하다가 적당한 카페를 다시 찾아다녔는데, 적당한 카페가 눈에 들어오지 않아서 아까 갔던 카페 2층 창가 자리로 다시 갔다(집에서는 글이 잘 써지지 않는다). 아까 내가 앉았던 창가 자리에 '임상심리학'이 앉아 있었다. 나는 주문한 커피 한 잔을 들고 '임상심리학'이 앉아 있던 자리, 아까의 내 옆자리로 가 앉았다. 적당한 자리가 별로 없기도 했다. '임상심리학'의 테이블에 이제는 커피 잔이 하나만 놓여 있었다. 내가 그것을 보고 있자 '임상심리학'이 곁눈으로 나를 한번 쳐다봤다. 나는 모른 척 노트북을 켜고 다시 두 손을 자판 위에 올려

놓았다. Get Set, 잠시 기다린다.

미옥이 입술을 삐죽인다.

"그걸 어떻게 아세요?"

미옥이 뾰족한 송곳니를 드러내며 남자에게 물었다. 미옥은 어쩐지 남자의 말과 행동이 불량한 것 같았다. 그녀의 표정이 조금 굳었다. 남자도 그걸 알아챘는지 곧 미안한 표정을 지으며 미옥에게 사과했다.

"죄송합니다. 미옥 씨. 김현석입니다. 저, 타이베이에서 만났었는데. 기억 안 나세요? 작년 봄이었는데요."

남자가 말했다.

김현석, 김현석, 작년 봄. 김현석, 김현석, 작년 봄. 미옥은 속으로 중얼거렸다. 이름은 들어본 것 같기도 하지만, 워낙 흔한 이름이기도 하고, 무엇보다 얼굴이 전혀 기억나지 않았다. 얼굴로 사람을 기억하는 건 미옥에겐 무척 어려운 일이다. 그래도 기억이 나지 않으니 더 자세히 설명해주세요, 라고 하는 건 그저 가볍게 인사를 하러 다가온 김현석이라는 사람에게 너무 부담을 주는 것 같아 그만두었다. 어디까지나 자신의 문제로 작년 봄 타이베이에서 만난 김현석이라는 사람을 알아보지 못한 것이니까.

남자는 이제 '김현석'이 되었다. 나는 두 사람을 지켜보고 있기도 하고, 미옥이 되었다가, 김현석이 되어보기도 한다. 이제 김현석의 옆으로 누군가 지나갈 것이다. 나는 그것을 미리 본다.

"1년도 넘었으니까요." 김현석이 멋쩍게 웃으며 말했다. "그럼
타이베이, 잘 다녀오세요."

그러고는 몸을 돌렸다. 미옥은 무언가 생각나려 했지만 잘 생
각나지 않아 아리송할 뿐이었다.

"잘 다녀오세요."

김현석의 뒷모습에 미옥이 인사했다. 김현석이 뒤를 돌아보
며 가볍게 목례했다. 미옥도 가볍게 목례를 하고 뒤를 돌아 몇
걸음 갔다. 그런데 등 뒤가 곧 소란해지고 굉장히 특이한 웃음
소리가 희미하게 들려오기 시작했다. (이 부분에서 나는 '굉장히
특이한 웃음소리'에 대해 짧게나마 묘사를 해보고 싶어진다. ~~마
치 모스신호거처럼 억양은 없고 리듬만 있는 웃음소리였다. 그
것은 모스신호처럼 은밀하고 건조했다.~~ 그렇지만 소설에 직접
쓰지는 않을 것이다.)

미옥이 뒤를 돌아보니 김현석이 터져 나오는 웃음을 참아가
며 억양 없이 쿡쿡대고 있었다. 누군가가 김현석의 옆을 지나가
며 콜라 캔을 땄고 갑자기 분출하듯 콜라가 터져 나오는 바람에
당황해 콜라 캔을 바닥에 냅다 던져버린 것이다. 미옥은 그 웃
음소리가 기억이 났다. 억양 없이 쿡쿡대는 김현석의 웃음소리.
미옥은 그때서야 김현석이 기억나서, 작게 웃었다. 몸을 돌려 미
옥은 김현석에게 다시 인사했다.

"잘 지내셨죠?" 미옥이 말했다. "작년 봄, 타이베이에서 만

났던 현석 씨."

김현석이 가지런한 이를 드러내며 웃었다. "이제 기억나셨나 보네요."

뾰족한 송곳니를 보이며, 미옥도 웃었다.

"그럼 다녀와서, 만날까요? 서울에서."

미옥이 말했다.

"좋아요."

김현석이 말했다.

그 둘이 전화번호를 교환하는 대목까지 쓰려다가 김현석이 "좋아요."라고 말하는 대목에서 멈추기로 한다. 잠시 기다렸다가 다시 생각해봐도 그렇게 멈추는 것이 좋을 것 같았다. 더 쓰는 건 내가 이야기를 지어내는 느낌이 들어 자연스럽지 않은 것 같았다. 아직은 초고일 뿐이지만 아무튼 소설이 일단 끝이 났다. 파일을 저장하고, 노트북을 덮었다. 나는 내일 오늘 쓴 소설의 초고를 이제는 첫 번째 독자가 되어 계속 읽어보며 고쳐 쓸 것이다. 오늘은 여기까지만 하기로 한다.

(오늘은 여기까지만 하기로 한다.)

누군가 말했다. 글을 쓰는 건 글을 다 쓰고 난 뒤의 15분을 위해서라고. 미옥과 김현석은 돌아와 다시 만나게 될까, 나는 잠시 비가 그친 창밖을 바라보고 있었다. 저녁 무렵의 공기가 쌀쌀했다.

시월이다. 이런 저녁에 떠오르는 시 하나 없어, 나는 적적했다. 다만 나는 방금 끝이 난 소설에, 아쉬워서, 그 햇살 좋은 오후의 공항에 좀 더 머물러 있었다. 그렇게 15분쯤이 지났나, 옆자리에 앉은 '임상심리학'이 이젠 할 일이 다 끝났는지 책이며 노트북이며 테이블 위를 정리하기 시작했다. 나는 그것에 시선을 두고 있었는데 ('그것을 보고 있었는데.'라고 썼다가 '그것에 시선을 두고 있었는데.'라고 고쳐 쓴다.) '임상심리학'이, 내게 묻는다.

"김종완 씨, 맞으시죠? 오랜만이네요."

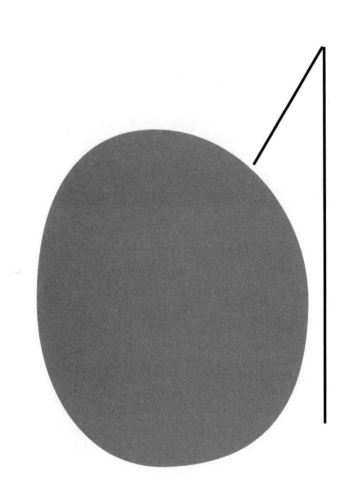

어느 프리라이터의 고백

구달

구달

근면한 프리라이터. 프리랜서 편집자로 일하며 글쓰기로 먹고사는 방법을 다각도로
모색 중이다.

『아무튼, 양말』『한 달의 길이』『일개미 자서전』을 썼으며, 독립출판물『블라디보스토크,
하라쇼』『고독한 외식가』등을 쓰고 그렸다.

@mong_9_dal

컴컴한 밤. 열린 문틈으로 신동엽과 이영자의 목소리와 간간히 터지는 부모님의 웃음소리가 들려오는 월요일 밤. 그는 모니터 앞에 앉아 있다. 책상 위는 폭탄을 맞은 듯 어지럽다. 왼쪽에는 책이 쌓여 있고 오른쪽에는 책이 널브러져 있으며, 왼팔과 오른팔 사이에는 책이 떨어질락 말락 위태롭게 놓여 있고 책무더기 사이로는 심이 튀어나온 볼펜들이 굴러다닌다. 메모지가 꽤 많다. 크고 작은 종이마다 짤막한 문장, 단어, 인용구, 그림 낙서, 때로는 비속어가 휘갈겨져 있다. 하나같이 알아보기 힘든 꼬부랑 글씨체지만 그래도 몇 개만 읽어보자.

"옷을 잘 입고 매력적으로 보이는 건 필수적인 일이다. 삶의 목표를 가지는 건 필수적인 게 아니다." -오스카 와일드
줄무늬 8켤레, 땡땡이 5, 민무늬 11 검은색 5…

같은 가격이면 색깔 입힌 거. 발목 긴 거. 무늬 화려한 거.
계절은 발목부터 온다?

모니터에 붙여놓은 포스트잇 문구는 이렇다.

양말 원고 마감: 9월 15일

그는 글을 쓰고 있다. 지난 두 달 동안 양말을 소재로 한 에세
이를 완성하기 위해 매일 밤 모니터 앞에 앉았다. 요일별로 문틈
으로 비집고 들어오는 예능 프로그램 패널 목소리만 달라졌을
뿐. 양말에 대해 생각하며 책을 읽고 메모를 하다 무언가 번쩍
떠오르면 일단 키보드를 두드렸다. 타닥타닥, 탁탁, 타…. 키보
드 소리가 조급하게 이어지다 어느 순간 뚝 끊긴다. 대문자 C가
섞인 한숨을 내쉰다. 오른손을 들어 관자놀이를 마구 긁다가, 도
저히 안 되겠다는 듯이 입을 벌려 방금 전 자신이 쓴 글을 웅얼
웅얼 읽는다. "이쯤 되면 인생의 기쁨과 슬픔이… 아니야, 희로
애락이… (탁탁) 그러니까 희비가… (탁) 발, 가, 락에, 아니 발
가락은 좀 웃긴가? (탁탁) 발… 바닥에… 에잇. 대체 뭔 말이야."
그는 등을 의자 등받이에 내던지듯 기대고서는 한참을 더 혼잣
말을 한다. 머리를 박박 긁다가, 다리를 달달 떨다가, 마침내 길
고긴 한숨을 내쉰 다음 오른손 중지를 뻗어 키보드의 'del' 키를
누르고 누르고 또 누른다. 이제 모니터에는 흰 화면만 남았다.

그는 프리라이터다. 스스로를 '작가'라고 부르지 않는 이유는 글 쓰는 일을 업으로 삼고 있다고 말하기엔 좀 민망하다고 여기기 때문이다.

첫째, 글만 써서는 생계를 꾸리지 못한다. 올해를 기준으로 따져보자. 그는 두 건의 출판 계약을 따냈고(계약금 총 135만 원), 작년에 출간한 『일개미 자서전』 2018년도 상반기 인세를 정산받았으며(138부 팔렸다. 19만 3천 200원), 외부 매체에 네 차례 짧은 글을 기고했다(1회당 고료 15만 원). 이렇게 해서 9월 말까지 올린 소득은 214만 원. 물론 세전이다. 이 정도 벌이라면 직업이 아니라 부업이라고 칭해야 합당할 것이다. 참고로 그의 본업은 외주 편집자다. 출판계에서 8년을 버티며 배운 편집 기술로 생계를 유지한다. 어쩌면 프리라이터 활동을 포기하면 생활은 훨씬 윤택해질지 모른다. 이번 여름에만 해도 원고 집필에 전념하겠노라며 두 건의 외주 의뢰를 고사했다. 그렇게 잃은 기회비용은 약 200만 원. 생업을 포기하면서까지 매달린 글쓰기가 그에게 200만 원을 벌어다줄 확률은… 그만 생각하기로 하자.

둘째, 꼭 써야 할 이유가 없다. 뚜렷한 목적이나 목표도 없다. 그저 평범한 일상을 소재로, 잔잔한 깨달음과 잔재미를 담은 소소한 글을 쓸 뿐이다. 지금까지 쓴 글은 회사생활 분투기(『일개미 자서전』), 백수의 자아 탐구(『한 달의 길이』), 짤막한 식사 일기(『고독한 외식가』) 등이었다. 이런 류의 생활 밀착 에세이를 쓰는 작가는 많다. 많고도 많다. 그가 굳이 오른손을 보태지 않아도 될 만큼 충분히 많다. 물론 그의 글은 제법 재미있다고 입소문이 났다(정말이다). 독립출판 신을 중심으로 대략 1천 명 정도에게. 만약 그가 절필을 선언한다면, 그의 인스타그램 팔로워 1003명만이 그 소식을 접할 것이고 그중 1퍼센트만이 진심으로 아쉬워하리라. 한국 출판계가 인재를 놓쳤다며 뼈저리게 후회한다거나 또래 독자들이 이제 무슨 낙으로 서점에 가겠냐며 슬퍼한다거나 지구 멸망이 가까워진다거나 지구온난화가 가속화되는 일은 벌어지지 않는다. 아마도. 그와 계약한 원고에 회사의 명운을 건 출판사가 있는 것도 아니니, 누군가의 생계가 연필 쥔 그의 손에 달려 있지도 않다. 글쓰기는 그의 과업이 아니다.

직업을 직업이라 부르지 못하는 애매한 포지션에서 글을 써 온 지 햇수로 4년. 그동안 그가 쓴 글은 부와 명예를 안겨주기는커녕 괘씸하게도 위염과 변비와 거북목증후군으로 되돌아왔다. 낮에는 밥벌이를 해야 하니 글을 쓰기 위해 밤을 새우기 일쑤다. 제발 머리가 팽팽 돌아가기를 바라며 카페인과 슈거를 들이붓는다. 먹기만 하고 줄곧 앉아 있으니 항상 더부룩하고 속이 쓰리다. 안색이 나쁘다. 흙이 사람으로 환생한다면 이런 톤일까. 수면부족으로 얼굴이 흙빛이다. 앉는 자세가 바르지 않아 허리는 일자가 되었고 목은 앞으로 구부러졌다. 이것이 독립출판물 네 종을 만들고 단행본 두 권을 펴낸 4년 차 프리라이터의 근황이다.

근면한 프리라이터의 하루

'근면한 프리라이터'는 그의 여덟 글자 자기소개다. 근면한 프리라이터가 아침에 눈을 뜨자마자 제일 먼저 하는 일은 컴퓨터 전원 켜기. 회사를 그만둔 이후로 들인 습관이다. 직장인이 시간기록계에 ID 카드를 찍듯이, 매일 아침 컴퓨터 전원을 누르며 출근 의식을 치르기로 했다. 규칙적으로 정해진 시간에 정해진 분량의 원고를 쓰는 습관을 들이기 위해서였다. 하지만 오전 11시에 출근한 컴퓨터는 장장 여덟 시간 동안 화면보호기만 띄우고 있다가 저녁 9시쯤에야 겨우 업무를 개시한다. 밥벌이를 하느라 그럴 때도 있지만, 일이 없어도 점심을 먹고 집안일을 한다는 핑계로 있는 힘껏 미적거린 다음에야 마지못해 컴퓨터 앞에 앉는다. 그러고도 한글 파일을 실행하기까지는 한참이 더 걸린다. 책상도 치워야 하고, 이메일도 확인해야 하고, 부엌에 가서 커피도 타 와야 하고… 일하기 싫어서 뭉그적대는 것 아니냐고 실눈 뜨고 바라봐도 할 말은 없지만, 실은 사정이 좀 있다.

일하는 모양새를 취하지 않았을 뿐이지 그는 눈 뜨고부터 계속 오늘 써야 할 글에 대해 생각했다. 빨래를 개면서, 강아지랑 놀면서, 설거지를 하면서, 모바일 게임 '꿈의 집' 1685판째를 깨면서 조금씩 글의 윤곽을 잡았다. 그리고 일단 머릿속으로 두서없이 적었다. 음소거로 구술하듯 문장을 줄줄 떠올려보는 것이다. 그러다 쓸 만한 문장이나 키워드가 걸리면 메모지로 옮긴다. 이 메모지가 어느 정도 모이면 비로소 컴퓨터 앞에 앉는다.

일종의 리허설을 거친 뒤 쓰기 시작하는 셈인데, 이렇게 하는 이유는 흰 여백을 마주 대할 때의 막막함을 조금이나마 덜기 위해서다. 언제부턴가 그는 '첫 문장 공포증'을 앓고 있다.

첫 문장을 괄호로 처리한다면 두 번째 문장이 첫 문장이라고 생각하게 될 것이다. 그러므로 두 번째 문장 역시 괄호로 처리하는 거다. 그러면 세 번째 문장이 첫 번째 문장이 될 것이다. 그러므로 세 번째 문장 역시 괄호로 처리할 것이고, 네 번째와 다섯 번째 문장도 괄호로 처리하는 거다. 흥분의 절정에 다다른 굴드는 책의 첫 세 단락을 단숨에 써내려갔다.

"(…)(…)(…)(…)(…)(…)(…)(…)(…)(…)(…)(…)(…)(…)
(…)(…)(…)(…)(…)(…)(…)(…)"

『첫 문장 못 쓰는 남자』, 베르나르 키리니, 문학동네

첫 문장을 시작하지 못해 괄호로만 이루어진 책을 쓴 굴드만큼은 아니지만, 그도 첫 문장을 쓰려 할 때면 불안감에 사로잡힌다. 머릿속에 엉킨 생각을 글로 잘 풀어낼 수 있을까. 마음을 어지럽히는 감정을 글로 표현해낼 수 있을까. 두렵고 막막하다. 마법을 부릴 수 있다면 머리에 지팡이를 대고 안에 들은 것을 펜시브에 흘려 내보내고 싶다. (모든 문장을 괄호로 처리해 첫 문장이라는 존재 자체를 없애는 대신, 그는 다른 해결책을 찾았다. 비법은 중간부터 쓰는 것이다. 노래방에서 도저히 따라 부를 수

없는 랩 부분은 간주 점프하듯이 막막한 부분은 일단 젖히고 쉬운 내용부터 채워 넣는다. 풍경 묘사나 상황 설명 등 객관적으로 옮길 수 있는 문장을 먼저 쓴다. 생각이나 감정을 표현해야 하는 문장은 나중에 쓴다. 이렇게 해도 중간의 첫 문장을 써내야 한다는 부담감은 남지만, 그래도 어쨌든 진도는 나갈 수 있다.)

처음에는 글을 여는 첫 문장을 쓰는 것만 어려웠다. 지금은 문서를 열어 맨 처음 문장을 적는 일마저 쉽지 않다. 하루 반나절을 글쓰기에 필요한 준비운동을 하는 데 써야 할 만큼이나. 그래서 그는 당당하게 스스로를 근면하다고 칭할 수 있다. 첫 문장의 두려움을 극복하고 글을 써내기 위해 장장 아홉 시간을 투자하는 사람은 드물 것이다. 남들 눈에는 게으른 베짱이처럼 보일지 몰라도 말이다.

밤 9시에 시작한 글쓰기는 대략 새벽 2시까지 이어진다. 중간에 잠깐 샤워를 하는 시간 빼고는 작업에 몰입한다. 걱정은 내일 아침의 그에게 맡겨두고, 일단 분량을 채우는 데 의의를 두며 써내려간다. 때마다 다르지만 보통 원고지 10매 정도를 채우면 쓰기를 멈춘다. 컴퓨터를 끄고 동시에 방에 불을 끈다. 원고 작업에 매달릴 때는 책도 영화도 거의 보지 않기에 곧장 침대로 기어든다. 다른 창작물을 소비할 여력이 없다. 밤의 유일한 여흥은 모바일 게임이다. 단순하고 반복적으로 이어지는 타일 맞추기 게임을 한두 시간가량 하면서 머리를 식힌다. 머릿속에 남은 근심걱정을 털어내고, 내일도 과부하 없이 오늘과 똑같은 일과를 치르기 위해서다. 근면한 프리라이터의 하루는 이렇듯 근면하게 마무리된다. 남들은 한심한 게임 중독자로 여길지도 모르지만 말이다.

프리라이터, 환상과 현실 사이

책상 앞에 앉아 웨이브 진 풍성한 머리를 질끈 묶고 골똘히 생각에 잠겨 있는 캐리. 창밖으로는 뉴욕의 밤풍경이 흐르고, 책상 위에는 블랙 애플 컴퓨터와 머그잔 가득한 블랙커피가 놓여 있다. 창밖을 응시하던 캐리는 이내 생각난 듯 망설임 없이 첫 문장을 적는다. 캐리의 손끝에서 탄생한 문장은 언제나 예리하고, 드라마를 관통하는 중요한 테마로 기능한다.

프리라이터의 이미지를 생각했을 때 맨 먼저 떠올린 인물은 사라 제시카 파커였다. 스무 살 무렵 열렬히 빠져들었던 미드 〈섹스 앤 더 시티〉의 주인공, 섹스 칼럼리스트 캐리 말이다. 드라마 속 캐리는 잡지에 칼럼을 기고하는 일로 주택 임대료가 비싸기로 악명이 자자한 뉴욕에서 삶을 꾸려나간다. 세련되고, 독립적이며, 마놀로 블라닉을 사 신을 정도의 부를 이루는 삶. 자유분방하게 인생을 즐기면서 필력 하나로 뉴욕의 명사로 발돋움하는 캐리가 마냥 멋져 보였다.

작가 말고 프리라이터. 스스로의 정체성을 그렇게 규정한 데에는 캐리의 영향도 컸다. 캐리의 모습은 작가라는 직업이 갖는 이미지와는 사뭇 달랐으니까. 예컨대 하루키를 떠올려보자. 하루키는 매일 새벽에 일어나 대여섯 시간을 꼬박 컴퓨터 앞에 앉아 소설을 쓰고, 낮에는 글 쓸 체력을 기르기 위해 달리기를 하는 삶을 30년 넘게 지속해왔다. 독자로서는 감사한 일이지만 작가로서 그런 삶을 평생 산다고 생각하면 아찔하다. 쓰기와 달리기에 인생을 바치다니. 솔직히 못할 짓 아닌가. 물론 하루키는 하루키일 뿐이지만, 다른 작가의 인터뷰를 보더라도 전업 작가로 생계를 꾸리기 위해서는 지독한 성실함으로 글쓰기에 몰두해야 하는 듯했다. 천성이 게을러서 죽으면 나태지옥에 떨어질까봐 걱정인 그에게는 선택하기 쉽지 않은 길처럼 보였다.

반면 프리라이터는 어쩐지 자유로운 느낌을 주었다. 그때그때의 시류와 유행을 즐기며 글감을 건져 올리고, 조직의 이해관계나 의무감에 짓눌릴 걱정 없이 거침없이 글을 쓰며, 덤으로 부와 명예를 얻을 수 있다는 환상에 사로잡혔다. 늘 그렇듯 현실은 환상을 와장창 깨버렸지만.

프리라이터는 세련될 것이라는 환상

가랑이가 터진 하늘색 라이언 잠옷을 입고 책상 앞에 앉아 빨대 커피를 쪽쪽 빨고 있는 그를 보라. 캐리의 그것과 비교할 만한 세련됨은 눈 씻고 봐도 찾을 수 없다. 그는 보통 잠옷 차림으로 글을 쓴다. 따로 공간을 구할 여력이 없는 그에게 작업실은 두 평 남짓한 방. 침대에서 벗어나면 출근이요 침대를 향해 구르면 퇴근이니, 굳이 옷을 갈아입을 필요를 느끼지 못하게 되어 버렸다. 머리는 봉두난발이다. 이마가 반질거린다. 샤워는 자정께, 글이 안 풀려서 미칠 것 같은 죽음의 시간대를 위한 기분전환용으로 남겨둔다.

몸만 세련됨에서 멀어진 것이 아니다. 원고 작업에 집중하는 기간에는 세련된 장소나 인물, 볼거리, 모든 걸 피한다. 문화생활은 인스타그램 태그 검색으로 해결한다. 단 한 번도 일필휘지로 글을 써본 적 없는 그는 언제나 자신이 가진 패를 끊임없이 확인하고 의심하고 회의하면서 조금씩 써나간다. 이럴 때 바깥세상의 세련되고 감각적인 것들을 무분별하게 접했다가는 간신히 붙들고 있는 자신감이 와르르 무너져 내릴지 모른다.

"제일 감각 있잖아, 자기 집 거울 앞에선-"

들을 때마다 감탄하고 마는 지코의 〈Artist〉 노랫말을 거꾸로 뒤집으면, 집 밖을 나서는 순간 자기 감각이 얼마나 후진지 깨닫게 된다는 말이다. 글쓰기에 몰입한 프리라이터에게 집 밖은 위험천만한 정글이다.

프리라이터는 독립적으로 일한다는 환상

회사를 8년 다니는 동안 그가 가장 어려워한 일이 인간관계였다. 상사를 대할 때, 사장에게 보고할 때, 선배와 점심을 먹을 때, 후배에게 충고할 때, 거래처 직원과 통화할 때, 매번 상대의 직급과 연배와 관계를 따져가며 톤 앤 매너를 지키는 일이 힘겨

웠다. 일할 때도 마찬가지. 신간 도서의 보도 자료며 띠지에 들어갈 홍보 문구 한 줄조차 마음대로 쓸 수 없는 처지였다. 매번 결재 라인을 순조롭게 타고 올라갈 만한 문구를 고민해야 했으니. 관계에서 오는 스트레스에서 벗어나 온전히 자기 글에만 집중하고 싶었다.

회사는 벗어났지만 인간관계에서 자유로워지지는 못했다. 뜻밖에도 복병은 집 안에 있었다. 가족과의 관계에 깊숙이 얽혀들게 된 것이다. 가족은 프리라이터를 직업으로 여기지 않는 눈치였다. 생각을 정리한답시고 남들 일할 때 침대에 누워 있는 모습이 좋게 보였을 리 없었다. 툭 까놓고 한심해 보였을 것이다. 한번은 아버지가 그의 방에 들어와 신문에서 오린 기사를 몰래 놓고 나갔다. 시간선택제 공무원 정원을 대폭 확대한다는 기사였다. 인정 투쟁을 벌이듯 가족과 다투는 일이 잦아졌다. 가족과 함께인 공간에서 독립적으로 일한다는 건 사실상 불가능했다. 게다가 회사는 퇴근하면 벗어나기라도 하지, 집은 보증금과 월세 없이는 떠날 수도 없다.

밥벌이를 할 수 있을 거라는 환상

마놀로 블라닉을 사 신겠노라는 야무진 꿈은 애초에 꾸지도 않았다. 그저 한 몸 건사할 정도의 돈만을 벌기 원했다. 하지만 현실은 그마저도 녹록지 않았다. 단행본 출판 계약을 할 때 저자 인세는 보통 10퍼센트로 책정된다. 도서 정가가 13,000원이라면, 한 권당 1,300원이 저자 몫으로 떨어지는 것이다. 1만 권이 팔린다고 치면 1,300만 원. 제법 큰돈 같지만, 자세히 따져보면 그렇지가 않다. 매년 책을 내고 매번 1만 권씩 팔아치우는 성실하고 인기 많은 보기 드문 작가라 해도 연봉이 1,300만 원에 불과한 셈이니까. 당연히 글만 써서는 생계를 유지하기 어렵다. 그래서 많은 작가들이 투잡을 뛴다. 출판사에서 일하기도 하고, 자영업에 뛰어들기도 한다. 또는 외부 강연과 기고를 통해 부족한 생활비를 충당한다. 2018년 9월 현재 글로 거둔 누적 소득이 214만 원에 불과한 그의 주머니 사정에 대해서는 다시 언급할 필요가 없으리라.

필력으로 명사가 될 수 있다는 환상

위키백과에 '구달'을 치면 두 가지가 검색된다. 하나는 영국 동물학자이자 환경운동가인 제인 구달(Jane Goodall), 다른 하나는 주식회사 클리오가 보유한 화장품 브랜드 구달(goodal). 침팬지 연구로 유명한 구달 박사는 미리 알고 있었지만, 청귤 세럼으로 유명한 구달은 생각지도 못했다. 포털 사이트며 SNS 피드며 '#구달'은 온통 청귤이 점령하고 있다. 견물생심이라고 한 번 사보았는데, 듣던 대로 굉장히 좋은 제품이었다. 기초화장품계의 스테디셀러로 자리 잡은 청귤 세럼과의 검색어 싸움에서 프리라이터 구달이 우위를 차지할 날이 오기는 할까. 끝까지 해보겠지만, 쉽지 않은 싸움이 될 듯하다.

단행본을 출간하면 입신양명의 길을 걷게 되는 줄 알았다. 그러나 대형 서점에서 그가 쓴 책을 살 수 있다고 해서 명사로 발돋움하는 것은 아니었다. 광화문 교보문고가 보유한 도서 종수는 약 25만 권. 그 가운데 눈에 잘 띄는 평대에 진열되는 책은 천여 권에 불과하다. 나머지 24만 9천 권은 서가 구석으로 밀렸다가 그 다음에는 물류창고로, 종국에는 모두의 기억 속에서 사라진다. 언젠가 어머니가 지인들과 함께 광화문 교보문고에 가서 자랑스레 딸의 책을 찾았는데, 간신히 J-21 서가 3열에서 딱 한 권을 구했다며 시무룩한 소식을 전했다. 검색해보니 지금은 그나마도 없다. 창고행인 모양이다. 필력으로 명사가 되려면 평대를 뛰어넘어 베스트셀러 진열대까지는 올라야 하는데 어떡하나. 교보문고 물류센터가 있는 파주에서 광화문 교보 베스트셀러 코너까지의 거리는 달과 지구의 거리만큼이나 먼 듯하다.

〈섹스 앤 더 시티〉는 성공한 뉴욕 여성들의 싱글 라이프를 그린 드라마였다. 당연히 성공을 거머쥐기 전까지 벌였을 치열한 생존 투쟁은 담겨 있지 않았다. 뉴욕 같은 거대한 도시에서, 극심한 경쟁을 뚫고 그만한 커리어를 쌓기까지 캐리는 아마 갖은 고생을 자처하며 업계 바닥을 이리저리 굴렀을 것이다. 만약에 〈섹스 앤 더 시티〉프리퀄을 방영했다면 그는 프리라이터의 길을 선택했을까? 글쎄, 아마도….

글쓰기, 취미와 직업 사이

가끔 악몽을 꾼다. 꿈에서 그는 목장갑을 낀 채 컨테이너 박스 한복판에 서 있다. 왼쪽으로 재고 도서가 남산만큼 쌓여 있는데, 정해진 시간 내에 오른쪽으로 옮기지 않으면 컨테이너 박스째로 거대한 불꽃에 잡아먹히고 만다. 가쁜 숨을 내쉬며 정신없이 책 뭉치를 옮겨보지만 아무리 해도 남산은 꿈쩍없다. 마침내 불꽃이 그의 코앞에서 이글거리고… 아, 안 돼!

초짜 편집자 시절에 파주 출판 물류센터를 간 적이 있다. 명목은 영업팀의 재고 정리를 돕는 거였지만, 편집팀의 파주행을 직접 지시한 사장의 숨은 뜻은 따로 있었다. 자신이 만든 책이 창고에 얼마나 쌓여 있는지 보고 정신 바짝 차리라는 것. 아닌 게 아니라 지게차가 돌아다니는 거대한 창고에 쌓인 재고를 하나하나 옮기려니 절로 겸손해졌다. 회사에 손해를 끼쳤구나, 나무에 몹쓸 짓을 했구나, 종이 낭비로 지구온도를 높이는 데 일조했구나. 먼지가 폴폴 날리는 창고 안에서 목장갑을 끼고 팔리지 않은 책을 옮기며 자아비판 하던 순간이 얼마나 뇌리에 깊이 박혔는지. 사장의 의도는 적중했다. 너무 적중해서 지금도 원고가 잘 안 풀릴 때면 종종 8년 전 보았던 파주 출판 물류센터의 살풍경이 펼쳐질 지경이다.

회사에 다니면서 독립출판물을 만들 때까지만 해도 글쓰기는 그저 즐거운 취미활동이었다. 주말마다 분홍색 소니 노트북을 들고 동네 카페 도장깨기에 나섰다. 때로는 버스에 몸을 싣고 멀리 떨어진 장소로 갔다. 서촌, 광화문, 홍대, 망원동, 상수, 해방촌, 경리단길. 글쓰기를 빙자한 짧은 여행이었다. 분위기 좋은 카페에 앉아 커피를 홀짝이고 음악에 귀 기울이며 느긋하게 썼다. 가끔 티라미수 한 조각씩 곁들이면서. 잘 써지지 않으면 적당히 노닥이다가 돌아왔다. 누구 하나 마감을 독촉하지 않으니 급할 게 없었다. 자신만의 속도로, 피곤하지 않은 선에서 천천히 썼다. 글 쓰는 주말이 행복했다. 회사 생활에 환멸을 느끼던 차였기에 상대적으로 더욱 달콤하게 느꼈는지도 모른다. 매일을 주말처럼 보낼 수 있다면 얼마나 행복할까.

웬걸, 좋아서 하는 일을 생계와 연결 짓자 이내 현실이 밀려들었다. 이제 그는 웬만해서는 글 쓰러 카페에 가지 않는다. 오가는 길에 소모되는 에너지가 아깝기도 하거니와 커피에 케이크까지 시켜 먹었는데 고작 열 줄밖에 못 쓰면… 마음이 심각하게 괴로워지기 때문이다. 잘 써야 한다는 부담감도 커졌다. 쓰는 일이 마냥 행복하지만은 않다. 솔직히 괴로움이 더 크다. 같은 사람이 같은 일을 하는데, 그 일이 취미냐 직업이냐에 따라 느끼는 감정이 이렇게 달라졌다. 『일개미 자서전』은 그 간극을 극명하게 체험한 작업이었다. 처음에는 독립출판물로 만들었다 나중에 상업 출판물로 다시 썼는데, 두 책의 원고를 쓸 때의 그는 마치 다른 사람 같았다.

독립출판물은 '한번 해보지 뭐' 하는 가벼운 마음으로 시작했다. 쓰다가 벽에 부딪히면 쥐도 새도 모르게 접을 작정이었다. 마감은 일곱 차례 정도 미뤘고 원하면 이 세상 끝까지라도 미룰 수 있었다. 제작 부수도 직접 정했다. 초판을 딱 100부만 찍었다. 이후에도 50부, 100부, 많아야 200부씩 소량 인쇄를 고집했다. 다 팔아야 한다는 부담을 갖고 싶지 않아서였다. 독립출판물을 만들 때도 독자를 생각하며 글을 썼지만, 그것과는 별개로 아무도 읽지 않아도 상관없다는 마음으로 유통했다. 자기 안에 고인 이야기를 털어내는 게 우선이었다. 판매량이나 반응에는 연연하지 말자고 생각했다. 쓰는 동안 즐거웠으면 그걸로 충분하지 않느냐고. 어디까지나 취미활동에 빠진 아마추어의 마음이었다.

출판사와 계약을 하고 나니 상황이 달라졌다. 일단 마감이 생겼다. 다시 쓰는 원고는 전체 4부로 구성했는데, 각 부를 끝낼 때마다 담당 편집자에게 보내고 피드백을 받기로 했다. 네 번의 마감일이 주어졌다는 뜻이다. 첫 1부를 완성해 메일에 첨부한 뒤 보내기 버튼을 누르던 순간은 평생 잊지 못할 것이다. 편집자가 보내온 답장을 마음 졸이며 클릭하던 순간도 함께. 다행히 유능하고 다정한 편집자를 만나 작업은 겁낼 일(?) 없이 순조롭게 진행됐지만, 초고를 편집자에게 보이는 일이 얼마나 심신에 부담이 가는 일인지를 알게 되었다. 그 시기에 악성 재고 악몽을 집중적으로 꿨으니 말이다. 이전에는 글을 다 써놓고 스스로 만족하면 성공이었다면, 이제는 자기만족은 기본이고 출판사를 납득시킬 수 있는 글을 써야 한다. 초판 2,000부 제작비에 자신에게 지급된 선인세, 마케팅 비용까지 투자할 만큼 상업적 가치가 있는 글인지를 끊임없이 따져 물을 수밖에 없다. 문제는 마음속으로 아무리 따져 물은들 정답을 도통 모르겠다는 데 있다.

첫 단행본이 조용히 묻히고, 두 번째 책도 첫째와 비슷한 길 (평대→J0-1 서가 4열)을 걷는 동안 자신감이 많이 위축되었다. 글이 그렇게 별론가? 콘셉트를 잘못 잡았나? 내 경험이 보편적이지 않나? 요즘 취향이 아닌가? 열심히 머리를 굴려도 자기 글을 객관적으로 검토하기란 쉽지 않았다. 반면 판매 수치는 너무나 백 퍼센트의 객관성으로 진실을 말하고 있었다. "안 팔림." 책이 영 반응이 없자 출판사에서도 차기작을 논의해 오지 않았다. 다른 출판사나 매체에서 러브콜을 보내지도 않았다. 글쓰기가 직업이 되려면 꾸준히 지면을 얻어야 할 텐데, 기회를 살리지 못했다는 자괴감이 그를 괴롭혔다.

각고의 노력 끝에 올해 양말 원고를 따내는 데는 성공했지만, 9월 15일에 원고를 마감하면 프리라이터로서는 다시 백수가 된다. 자꾸만 초조해진다. 차기작으로 만회해야겠다고 생각하니 손끝에 힘이 들어간다. 자기도 모르게 모든 글에 의미와 감성과 드립을 욱여넣게 되었는데, 덕분에 글은 조잡해지고 원고는 점점 산으로 간다. 간신히 정신을 붙잡은 날 엉망이 된 글을 뜯어고치느라 애를 먹고 있다.

자꾸 컴퓨터 앞에 앉기가 두려워진다. 복잡한 계산 없이 경쾌하게 글을 써내려가던 때가 잘 기억나지 않는다. 자꾸만 확신이 없어진다. 눈부신 성공을 거둔 연예인이 미래를 불안해하며 건물을 올리거나 사업에 뛰어드는 이유를 알 것도 같다. 물론 다른 분야에 투자할 여력이 없는 그는 고작 매주 금요일마다 로또 2000원어치를 살 뿐이지만.

환상과 현실, 취미와 직업의 경계에서,
계속해보겠습니다

도대체 그는 왜 쓸까? 빈 여백을 마주보는 일이 두렵고 현실은 드라마처럼 멋있지도 않을뿐더러 돈도 안 되고 남는 건 거북목과 변비밖에 없다면서. 글을 쓰는 순간이 행복하기는커녕 외롭고 막막하기만 하다면서. 그를 붙잡고 묻는다면 아마 이렇게 대답할 것이다.

"그러게요."

그도 잘 모른다. 쓰기를 왜 계속하고 있는지. 무슨 기대와 희망을 가졌기에 글이 잘 풀리지 않아 골머리를 앓는 날에도 기어이 원고지 10매를 채우는지.

그는 매일 동네를 산책한다. 사랑스러운 반려견 닥스훈트 빌보와 함께. 그가 사는 동네는 유독 닥스훈트가 많이 산다. 통성명한 친구만 해도 열 마리가 넘는다. 그 가운데 새까만 단모 닥스훈트 훈이가 있다. 오래전부터 마주치면 반갑게 인사를 나누는 사이였는데, 최근 들어 훈이 보호자가 그의 책을 샀다는 사실을, 훈이 보호자는 그가 작가라는 사실을 서로 알게 되었다. 동네에서 독자를 만날 줄이야. 아무도 읽지 않는 글을 쓰고 있는 건 아닐까 고민하던 차에 경험한 너무나 신기한 우연이었다.

돌이켜 보면 글을 쓴 이후로 이런 우연이 종종 이어지곤 했다. 떡볶이 가게에서 옆자리 손님이 팬이라고 말을 걸어서 깜짝 놀란 기억이 있다. 계산서를 받아서 결제 서명한 영수증으로 돌려드리지 못한 게 아쉽다. 온라인에 올라오는 책 리뷰를 확인할 때도 신기하다. 얼마 되지 않는 후기를 읽고 또 읽어서 내용을 외울 정도지만 몇 번을 읽어도 새롭게 기쁘다. 누군가 그가 쓴 글을 읽고, 공감하고, 웃고, 뭐 가끔은 욕도 하지만, 피드백을 준다는 사실이 놀랍다. 외딴 섬에 홀로 남은 사람처럼 외롭고 막막한 기분과 싸워가며 써낸 글이다. 일부는 서가 구석에 있고 일부는 창고에 쌓여 있을지 몰라도, 일부는 홀로 남지 않고 누군가의 마음에 가닿는 데 성공했다. 그 작은 성공을 마주칠 때마다 뿌듯하다. 가슴이 터질 듯 기쁘다. 그래서 계속 쓰게 되는 걸까.

그는 자주 서울도서관에 간다. 어릴 적부터 도서관을 놀이터 삼았다. 아무 목적도 없이 서가를 빙글빙글 돌며 책등을 구경하다가, 마음에 드는 책을 골라서 털썩 주저앉아 읽곤 했다. 그때는 도서관이 엄청나게 커다란 세계였다. 종종 보름달에 하듯 서가 쪽을 향해 소원을 빌었다. 여기 꽂힌 많고 많은 책 가운데 내가 쓴 책도 딱 한 권만 꽂혀 있으면 좋겠다고. 더 자라서는 소원이 한층 구체적으로 변했다. 제법 성공적인 인생을 산 뒤 늘그막에 대필 작가를 고용해 자서전을 자비 출간하겠노라고. 자서전으로 분류하기에는 애매하지만 어쨌든 그가 쓴 『일개미 자서전』이 도서관에 꽂혀 있다. 그것만으로도 이미 소원을 이룬 셈이다. 요즘은 서울도서관에서 읽을 책을 고르고 슬금슬금 일반자료실 2층 818 서가로 가는 취미가 생겼다. 818.2017-436 『일개미 자서전』, 818.2017-378 『한 달의 길이』가 잘 있나 보기 위해서다. 제자리에 꽂혀 있지 않으면 그렇게 뿌듯할 수가 없다. 누군가가 읽고 있다는 의미일 테니. 도서관 검색대에서 이름을 검색했을 때 화면에 뜨는 목록이 조금씩 길어지기를. 어쩌면 그는 꿈을 이루기 위해 쓰는지도 모른다.

처음 출판사에 취직해 연을 맺은 사수는 출판 과정을 짤막하게 설명해준 뒤 이렇게 덧붙였다.

"그러니까, 출판은 일종의 도박이에요."

하나만 터지면 그전까지의 부진을 단숨에 만회할 수 있는데, 어떤 책이 어떤 순간에 터질지 알 수 없기 때문에 출판업에서 손을 떼기가 어렵다는 것이다. 그때는 그런가 보다 생각하고 말았는데, 과연 꼭 맞는 비유라는 걸 직접 글을 쓰면서 깨달았다. 새 책을 기획할 때의 마음이 어쩌면 룰렛 앞에 선 도박사의 마음과 비슷하지 않을까(도박을 해본 적은 없다). 그간의 확률과 성적은 머릿속에서 깨끗이 지우고, 영점에서 새로운 가능성을 점쳐보는 시간. 기획 단계에서는 긍정의 에너지가 흘러넘친다. 글을 쓰면서 좌절할지언정 아이디어를 낼 때만큼은 뭐든 써낼 수 있을 것 같은 우주적 기운을 느낀다. 이 소재는 대박날 것 같고, 이 주제로 쓰면 한 방 제대로 터트릴 수 있을 것 같다. 혜민 스님이나 보노보노도 이길 수 있을 것만 같다.

다만 글쓰기가 도박과 다른 점이 있다면, 판돈을 운에 거는 게 아니라 자기 자신에게 건다는 점이다. 좋은 글을 써낼 재능과

끈기가 내 안에 있다는 믿음. 그 믿음이, 혹은 그 믿음이 어디까지 옳은지 확인하고 싶다는 마음이 그를 다시 한 번 컴퓨터 앞으로 이끈다. 그리고 논리정연하게 스스로를 독력한다. 필력으로 성공할 확률이 룰렛을 당겨서 잭팟을 터트릴 확률보다는 높다고, 그러니 충분히 덤벼볼 만한 도전이라고.

그는 오늘도 여덟 시간을 뭉그적거린 끝에 컴퓨터 앞에 앉았다. 어제 del 키를 눌러 깡그리 지워버린 문장을 새로운 문장으로 채워야 한다. 키보드의 첫 자음을 누르기 전, 속으로 중얼중얼 주문을 건다. 이 여백도 언젠가는 채워질 거야. 채울 수 있어. 여백 앞에서 버티는 이 시간이 모이면 모일수록 생각은 명료해지고 글은 점점 더 좋아질 거야.

처음에는 그 자신도 이해하기 어려울 만큼 뒤죽박죽 엉켰던 생각과 감정이, 글자를 쓰고 지우고 쓰고 지우는 사이 조금씩 선명하게 떠오를 것이다. 원고지 7매를 썼다가 5매를 지우고, 운이 좋으면 하루에 10매를 채우기도 하면서. 그런 식으로 계속 써내려가다 보면 마침내 흰 종이를 까맣게 채우는 날이 올 것이다. 그의 경험, 기억, 감정, 생각, 오직 그 안에만 고여 있던 뭔가가 다른 사람과 나눌 만한 이야깃거리로 변환되는 순간이.

글은 그가 모음과 자음으로 표현해낸 자기 자신이다. 그러니 한 편의 글을 완성하는 일은 세상에 내보낼 분신을 만드는 일이기도 하다. 쓰는 과정이 괴롭고 힘겹고 때로는 버거울 때도 있지만, 머털도사가 누덕도사에게 분신술을 배우기까지 10년이나

189

걸렸다는 점을 감안하면 이만큼 힘든 것도 수긍이 간다. 그의 수련은 이제 고작 4년째로 접어들었을 뿐이다. 언젠가는 자유자재로 자신을 표현해낼 수 있으리라는 믿음이 있기에 그는 오늘도 머리를 쥐어뜯으며 고민하는 시간을 견뎌낼 수 있다.

　그렇게 그는 쓴다. 매일 밤 모니터를 향해 목을 길게 뽑은 채로, 돈으로도 명예로도 바꿀 수 없는 자기 자신을 쓰고 지우고 쓰고 지운다.

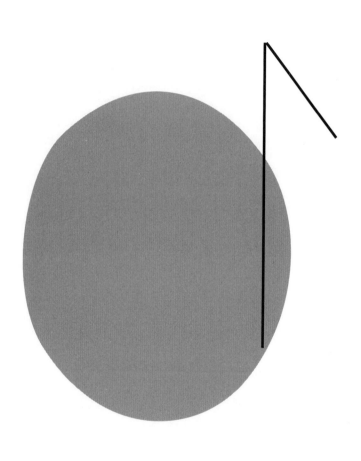

안녕하세요, 김봉철입니다

김봉철

김봉철

독립출판계에서 거의 유일하게 글이 아닌 비주얼로 승부하는 중.
독립출판물 「30대 백수 쓰레기의 일기」 「이면의 이면」 「봉철비전 - 독립출판 가이드북」
「마음에도 파스를 붙일 수 있었으면 좋겠어」 제작.
@pololop117

1

저는 작가가 아닙니다. 글을 쓰는 사람도 아니며 글을 쓰는 것을 취미로 둔 적도 없습니다. 단지 몇 권의 독립출판물을 만들 어내었을 뿐입니다. 최종학력은 고졸이며 글을 쓰는 일에 대해 일정한 커리큘럼을 거치는 전문적인 교육을 받은 적도 없습니다. 그럼에도 불구하고 몇 권의 독립출판물을 제작할 수 있었던 것은 우연한 기회에 한 사람을 만날 수 있었기 때문입니다.

그를 처음 알게 된 것은 인터넷으로 뭔가를 검색하다가 한 블로그에 시선이 멎었기 때문입니다. '30대 백수 쓰레기'라고 블로 그 내에서 자신을 소개한 그는 저와 동년배였으며 일정한 직업 이 없이 간간히 아르바이트나 일용직 건설업 막일에 종사하며 부모님의 집에 얹혀사는 일상을 글로 올리고 있었습니다. 처음에는 뭐 이런 한심한 인간이 다 있나, 하고 글 몇 개를 읽어보다 순식간에 그의 블로그 전체를 훑고 있는 저를 발견하였습니다.

어린 시절 가정에서 받았던 학대에 가까운 훈육에 대한 이야기, 학창 시절에 친구들과 잘 어울리지 못하여 따돌림을 받았던 이야기들을 그는 담담한 문체로 이야기하고 있었습니다. 아마도 유년 시절 엄했던 가정환경 때문에 사회화가 제대로 이루어지지 않았고 이것이 성장과정을 통해 그를 계속해서 괴롭히는 듯 보였습니다. 저 역시 그와 완전히 같지는 않더라도 유사한 경험을 했으며 또 이러한 사례들을 많이 봤던 탓에 그에게 쉽게 빠져들었습니다. 다소 어둡고 무거울 수 있는 이야기를 웃으며 읽게 만드는 익살 넘치는 문체도 그의 블로그를 쉬지 않고 탐독하게 하는 데 한몫하였습니다. 나는 이런 일들을 겪지 않고 살아와서 다행이다, 하는 생각이 들었을 때는 야릇한 죄책감과 묘한 안도감을 느끼고 있는 제 자신이 조금 부끄러워지기까지 했습니다.

그의 이야기는 어린 시절을 넘어 성인이 되어서까지 이어지고 있었습니다. 아르바이트 하나 제대로 못하는 그가 군대에 가서 겪었던 일들. 많은 사람들에게 상처를 받았다고 생각했지만 사실은 그도 많은 사람들에게 상처를 주고 있었던 일. 그리고 어머니. 그의 글에서 그의 어머니를 빼놓고는 이야기를 할 수 없을 것입니다.

저는 그의 글에서 알 수 없는 묘한 매력을 느꼈습니다. 자신을 중졸의 무직이라고 밝힌 그가 쓴 글에 빠져든 것은 저뿐만은 아니었습니다. 블로그에 달린 댓글마저 모두 읽어보았습니다. 왜 그렇게 사느냐, 한심하다, 너만 힘든 것 아니다, 징징거리지 마라 등의 훈계와 욕설. 어머니에게 효도해라, 힘내라, 응원한다는 격려의 메시지들이 섞여 있지만 그는 크게 개의치 않는 것처럼 보였습니다.

이 사람은 왜 이런 글들을 인터넷에 올리고 있는 걸까? 저는 이것이 의아하여 며칠을 고민하고 생각해보았습니다. 밝고 아름다운 것만 봐도 모자란 세상에서 어둡고 음울함을 있는 그대로 드러내는 이유는 대체 뭘까. 사람들은 간혹 그의 글을 보고 솔직한 이야기를 보았다, 솔직할 수 있는 용기에 박수를 보낸다고 하지만 정말 솔직한 것이 선이며 있는 그대로의 솔직함을 드러내는 일이 박수를 받을 만한 일일까. 글을 읽고 사람들이 자기 자신에 대해 이상하게 보거나 좋지 않게 생각하는 일에 대해서는 신경 쓰지 않는 걸까.

며칠간의 고민 끝에 나름의 가설을 세우게 되었습니다. 이 사람이 이러한 글을 쓰는 것은 자신의 괴로움을 털어내기 위해서다. 어린 시절의 괴로웠던 기억과 성인이 되어서도 무직인 채로 부모님과 함께 사는 일들. 이런 것들을 잊어내기 위해서다. 어디선가 들었던 심리학 이론이 생각났습니다. 안 좋은 기억들을 입 밖으로 소리 내어 이야기를 하는 것만으로도, 안 좋은 기억은 머릿속에서 다시 한 번 꺼내져서 말하는 과정을 통해 덧씌워져 그 기억은 새로운 기억이 된다. 새로운 기억은 조금 더 옅어지고 또 새로 생산된 기억이라 그로 인한 통증은 줄어든다는 것. 그렇다면 정말이지 고약한 일이 아닐 수 없습니다. 자신의 괴로운 기억과 상황을 털어내는 것으로 본인의 괴로움을 줄이려는 못된 마음이 세상에 어디 있을까요?

한 가지 가설을 세웠으니 이제 추론을 통해 이 가설이 맞는지 확인해보면 됩니다. 여러 번의 시도와 거절이 반복된 끝에 저는 이 사람과 만나기로 약속을 잡았습니다.

"안녕하세요. 김봉철입니다."

그는 들릴 듯 말 듯한 작은 목소리로 인사를 건네 왔습니다. 저도 제 이름을 말하며 악수를 청했지만 그는 제가 내민 손을 고민하는 듯한 눈으로 계속 내려다보고 있기에 웃으며 손을 거뒀습니다. 작고 왜소한 체구, 어딘가 오랜 어둠이 느껴지는 음울한 얼굴. 햇빛이 유독 그의 얼굴에 오래도록 비치고 있는 것마냥 그의 얼굴에는 그림자가 깊게 패여 있었습니다. 말하지 않아도 첫눈에 이 사람은 친구가 없어 보인다, 하고 느껴질 정도였습니다. 글로 사람들의 마음을 움직이고 있는 사람, 자신의 솔직한 이야기를 쓰는 것만으로도 사람들에게 인기를 얻고 있는 사람이라는 경외감과 기대가 있었습니다. 설마 정말 그렇게 살고 있겠어? 하는 호기심과 의혹을 가지고 만나러 나갔으나 상상했던 것에 정확하게 부응하는 그의 외양을 보고 조금쯤 저도 모르게 무시하는 마음이 든 것은 사실입니다.

　"만나자고 해도 안 나오실 줄 알았어요. 이렇게 나오신 이유가 뭔가요?"
　"돈……"
　"돈이요? 제가 돈을 드린다고 한 적은 없는 것 같은데?"
　"돈까스 사주신다고 해서요."

　분식집에서 돈까스를 앞에 두고 우리는 이야기를 나눴습니다. 며칠간 끼니를 해결하지 못했다고 말하는 그의 눈매는 왠지 눈물이 그렁그렁 맺혀 있어 당장이라도 흘러나올 것 같았습니다. 어머니가 자신을 이해해주지 않는다고도 이야기했습니다. 그에게 저는 왠지 모를 친밀감을 느끼고 있었습니다. 블로그에 올라온 그의 글을 모두 읽었기 때문일까요. 그래서 오래 알고 지낸 친구처럼 그를 편하게 느껴 말을 쉽게 툭툭 던지게 되는 것을 참아내야만 했습니다. 아니면 그의 초라해 보이는 외모와 복장 때문이었을까요. 먼저 어머니를 이해해보려 노력해보시는 건 어떨까요, 하고 물으려다 초면에 실례를 범할 수는 없다는 마음으로 견뎌냈습니다. 작가님, 하고 호칭을 하였을 때 왜소하고 소심해 보이기만 하던 그가 눈매를 찌푸리며 말을 했습니다. "저는 작가가 아닙니다. 글을 쓰는 사람도 아니며 글을 쓰는 것을 취미로 둔 적도 없습니다."

2

단지 심심해서 글을 올리기 시작했다는 말에 실망한 기색을 감출 수 없었습니다. 며칠 동안 이 사람은 왜 이런 글을 쓰고 있는가, 고민했던 제가 바보 같아 분하기까지 했습니다. 아무 생각이 없었다는 말에 더 편하게 궁금했던 것들을 물어보았습니다. 작가님이란 호칭이 싫으시면 뭐라고 부르면 좋을까요? 봉철 씨? 봉철 님? 그는 작가님 소리만 아니면 호칭은 아무래도 좋다고 이야기하였습니다. 그렇다면 봉철 씨라고 할게요. 봉철 씨,

"글은 어디서부터 어디까지가 진짜인가요?"

그는 다시 인상을 찌푸렸습니다.

"그런 건 중요하지 않다고 생각해요. 어디서부터 어디까지가 진짜인지 알고 싶어 하는 건 동북아시아 지역의 강한 학구열과 주입식 교육으로부터 비롯된 게 아닌가 싶어요. 정답이 있어야 하고 어디서부터 어디까지가 실제이고 어디서부터 어디까지가 허구인지 알아야 하는. 만약 여기서부터 여기까지가 실제라

고 이야기했을 때 그럼 나머지 부분은 허구일까요? 저는 시중에 나와 있는 에세이들이 전부 100퍼센트 진심을 이야기한다고 생각하지 않아요. 그건 불가능한 일이에요. 오늘의 진심이 어제의 진심과 다를 때, 그건 허구를 이야기한 것이고 거짓일까요. 사람들은 매 순간 변해요. 자신이나 타인을 몇 마디 말로 평가하고 또 거기에 가둬놓으려는 시도들로부터 인간관계는 실패한다고 생각해요."

수십 번은 더 들은 질문이라도 되는지 그는 다소 지겹다는 듯 이야기를 했다. 아니 저는 그냥 궁금해서 물어본 거예요. 별 뜻은 없었어요. 봉철 씨. 동북아시아까지 말을 꺼내실 필요는 없으신데, 세계지리 시간인가? 농담으로 넘어가보려 했지만 그의 말은 끝나지 않았습니다.

"그러나 우리가 비록 어제의 진심과 오늘의 진심이 다르다고 하더라도."

그는 물을 한 잔 들이마시고 이야기를 이어갔습니다. 그가 말하는 방식은 서툴렀으며 억양이나 단어를 말하는 방식에서 그가 사람들과 말을 많이 해보지 않은 것 같다는 생각을 했습니다.

"계속 매일의 진심을 기록하는 과정을 통해 하나의 마음에 도달할 수 있을지도 모르죠."

"그렇다면 저는 봉철 씨의 마음에 도달하고 싶어요."

말을 듣자 그는 노골적으로 인상을 찌푸리며 기분 나쁜 내색을 비추었습니다. 저는 바로 사과를 했습니다.

"아니 농담이에요. 제가 너무 친한 척했죠? 저야 봉철 씨의 글을 블로그를 통해 전부 다 봤으니까 마치 오래 알고 지낸 친구처럼 친숙하게 느껴져서 그랬어요. 미안해요."

한동안 침묵이 흘렀습니다. 그는 침묵을 두려워하는 것처럼 둘 사이의 말이 이어지지 않자 어쩔 줄 몰라 하였으나 먼저 말을 걸어오지는 않았습니다. 앞에 놓인 음료에 담긴 빨대를 계속해서 만지작거리며 초조함을 드러내는 것을 유심히 지켜보다 "그만 일어나죠. 오늘 만나주셔서 감사합니다." 하고 자리를 나섰습니다.

그 후로도 저는 이 김봉철이란 인물에 대하여 호기심을 갖고 더 알아보고 싶었습니다. 그는 집에서 게임을 해야 된다는 핑계로 만나자는 제안을 거절하고는 했습니다. 올해 안에는 골드를 꼭 찍어야 한다는 그의 말에 게임에 쏟을 그럴 열정으로 취업을 해보는 건 어떻겠냐는 말을 하려다 그만두었습니다.

"그래서 아버지랑은 아직도 같이 사는 거야?"

몇 번의 만남 후 우리는 말을 놓기로 하였습니다. 이 과정도 순탄하지만은 않았는데 제가 말을 놓자고 제안을 하자 그는 마지못해 고개를 끄덕인 뒤에도 한동안 저에게 존댓말을 사용하였습니다.

"어."

"같이 지내는 게 불편하지는 않아?"

"그럭저럭. 어쩔 수 없기도 하고. 또 불편한 것도 익숙해지면 지낼 만해."

"아버지는 요새 뭐하시는데?"

"구청에서 일하셔."

"구청? 공무원이셨어? 니가 쓴 글하고 다르네? 너네 집 사실은 잘사는 거 아냐?"

"아니 그런 건 아니고."

그는 머뭇거리다 입을 열었습니다.

"환경미화원. 주로 새벽에 나가서 일하시니까 마주칠 일은 거의 없어."

아무리 미운 아버지라도 역시 그에게도 가족은 가족인 것 같았습니다. 구청에서 일한다고 하는 그의 허약한 허세에 저도 모르게 보지 말아야 할 그의 빈틈을 봐버린 것만 같아 눈을 질끈 감았습니다.

"근데 어느 날 새벽에 게임하다가 배가 고파서 동네 순댓국밥 집에 갈까 하고 나갔는데. 국밥집 앞에서 아주머니와 이야기를 하고 있는 아버지를 봤어. 순댓국밥 집 앞에 청소차가 있어서 설마설마했는데 형광색 유니폼을 입은 아버지더라. 동네 쓰레기를 수거하다가 배가 고파서 동료분이랑 밥을 먹으려고 순댓국밥 집에 들어갔는데. 거기 있던 취객들이 냄새 난다고 시비를 걸었나 봐. 그러니까 아버지도 아무 말 못하고 그냥 나오고 가게 주인 아주머니가 따라 나와서 죄송하다고 손님들이 싫어하면 자기도 어쩔 수 없다고 이야기하시고."

그는 여기까지 이야기를 하고 저의 눈치를 살폈습니다. 자신이 하는 이야기가 조금 길어진다 싶을 때 상대방의 눈치를 살피는 것이 그의 습관 중 하나였습니다. 자기 이야기를 듣고 있는지 혹은 지루해하는 것 같지는 않은지. 저는 얼른 그에게 제가 할 수 있는 최대한의 호의를 덧붙인 대답을 했습니다.

"그래서?"
"이제는 정말 모두가 그를 기피하게 되었구나 하고 생각했어. 솔직히 그 장면을 봤을 때는 어린 시절의 꿈이 이제서라도 이루어졌구나 하고 기뻤어. 근데 집에 와서 곰곰이 생각해봤는데. 사람들이 다 싫어하는데 나라도 이 사람을 미워하면 안 되겠구나 해서 더 이상 아버지를 미워하지 않기로 했어."

저는 정말 묻고 싶었던 것을 물어보았습니다.

"글은 언제부터 쓰기 시작한 거야?"

"처음 뭔가를 써봐야겠다고 생각했던 건 초등학교 때야. 어느 날 갑자기 소설을 써보고 싶다는 생각을 했어. 이야기를 지어내려고 펜을 들고 종이에 인물들을 설정하기 위해 써보려고 했는데. 그때에도 나는 친구가 없었으니까 '나'라고 쓰고 옆에 괄호를 쳐서 나이를 적어두니까 더 쓸 수 있는 인물이 없더라? 그래서 생각난 게 '어머니', '아버지'를 적고 어머니 옆에 괄호를 쳐두고 엄마 나이를 적었지. 아버지 옆에 괄호를 친 다음에 한참을 고민하다가 나이 대신 '공포'라고 적어두었어."

이 말을 들었을 때는 왠지 모르게 눈물이 나올 것 같은 슬픈 기분이 들었습니다. 슬픈 기분은 묘한 것이라 눈물이 나서 슬픈 것인지 슬퍼서 눈물이 나는 것인지는 아무도 모를 일입니다. 저 역시도 아버지를 생각하면 눈물부터 나던 시기가 있었습니다. 저는 그 눈물이 슬픔 때문이었는지 공포 때문이었는지를 고민하며 그의 이야기를 계속 들었습니다.

"중학교 때도 역시 친구가 없었어. 친구라기보다는 나를 때리거나 때리지 않는 아이들만 있었지. 쉬는 시간보단 수업 시간이 오히려 즐거웠어. 쉬는 시간이면 반 아이들이 제각기 모여 같이 이야기를 나누고 장난을 치고 전날 봤던 TV 프로그램의 이야기

를 하거나 몰래 가져온 만화책을 돌려보던가 하는데 나는 누구
와도 뭔가를 할 수 없었어. 겉옷을 뒤집어쓰고 엎드려서 자는 척
을 했어. 그러다가 그들이 각자의 장난에 흥미를 잃어갈 때쯤 내
가 새로운 장난의 대상이 되지 않기만을 바랐지."

'책상 위에 엎드려 두 팔로 얼굴을 가리려는 것으로부터 생겨
난 암흑 속에서 이야기는 피어났다.'

그날 밤 집에 돌아오는 길, 저는 그가 마지막으로 했던 그 말
을 곰곰이 되새겨보았습니다. 어떻게든 그를 도와주고 싶다는
생각. 안쓰럽고 또 안타까우며 아직까지도 어둠 속에서만 간신
히 빛을 바라며 살아가고 있는 이 친구에게 한줄기 빛이 되어주
고 싶다는 생각을 했습니다.

인터넷 검색을 하다 독립출판이라는 것을 알게 되었습니다.
그에게 이에 대해 간략히 설명하고 그가 쓴 글로 독립출판물을
제작할 것을 제안하였습니다. 그는 머뭇거렸습니다.

"야 출판사를 거치지 않아도 책을 만들 수 있단다. 사람들은
요새 이런 거 많이 한다는데?"
"이런 걸 정말 누가 읽고 싶어 할까?"
"바보야. 재밌어. 좋아하는 사람이 분명 있을 거야."
"니가 어떻게 알아?"

"어떤 사람이든 반드시 누군가에는 소중한 사람인 것처럼 니가 쓴 글도 누군가에게는 반드시 소중하게 다가갈 거야."

"난 한 번도 다른 사람에게 소중한 사람이었던 적 없어."

"그럼 내가 너의 처음이 될게."

"미친 소리 작작해."

수줍어만 하던 그의 표정에 살며시 미소가 보인 것도 같았습니다. 그가 마음을 조금 연 것 같아 저도 흥이 나서 이야기를 계속했습니다.

"책을 만들게 되면 내가 마케팅이나 홍보 같은 건 자신 있으니깐 맡아서 할게. 넌 아무 걱정 말고 일단 만들기나 해. 내가 그 방면에는 전문가니까."

저도 당시에는 다니던 직장을 그만두고 아르바이트로 소일하고 있던 차였습니다. 고등학교를 졸업하고 바로 군대에 다녀온 뒤, 공장을 다니던 저는 자동차 정비나 부품 조립 등 여러 가지 업종에 종사하여 보았으나 고된 육체노동에 지쳐 전부 얼마 되지 않아 그만둔 뒤 간단하게 할 수 있는 아르바이트를 간간히 해 나가고 있었습니다. 사실 저의 가정환경이나 학창 시절은 김봉철이 겪어왔던 일들에 비하면 상대적으로 무난하고 또 화목했다고 볼 수 있습니다. 그러나 제가 그에게 어느 정도 동질감을 느끼고 있었던 것은 다름 아닌 바로 저의 나태하고 또 게으른 성격 때문이었습니다. 기술을 배워 꾸준히 한 가지 일에 성실히 임하지 못하는 성미에 한두 달 정도 일을 하던 공장에서 몰래 짐을 싸서 도망나오고는 했습니다. '2교대와 3교대 사이, 나의 마음과 몸은 공장 레일 안에서 빠그라지네. 어둠이 몰려가는 새벽. 남아 있는 푸르스르함은 내 몸의 멍자국뿐.' 같은 글을 써볼까 하는 생각도 있었습니다. 그러나 누가 나의 괴로움과 외로움을 읽어줄 것인가, 하는 마음에 아무것도 쓰지 못하던 차에 김봉철이 쓰는 글들을 발견한 것은 저에게 큰 충격으로 다가왔습니다. 그 무렵 제가 공장 일을 그만두고 하던 아르바이트로는 헬스장 전단지 돌리기, 정수기 방문 판매업 등이었습니다. 경비 아저씨를 피해 아파트에 몰래 잠입하여 집마다 벨을 누르고 인사를 한 뒤 정수기 소개 및 판매를 하는 일이었습니다. 헬스장을 홍보하는 내용이 담긴 종이를 가방 안에 수백 장씩 집어넣고 거리를 서성거리며 전단지를 나눠주는 일도 했습니다. "난 그런 건 자신 없으니까." 하고 풀 죽어 하는 그를 보며 "마케팅은 내가 전문이야. 걱정 마." 하고 호언장담하는 저의 머릿속에서는 그러한 과거의 이력이 스쳐 지나가고 있었습니다.

억양은 여전히 단조로워 높낮이가 따로 없는 단어들이 간신히 문장이 되어 그의 입에서 쏟아져 나오고 있었으나 저는 예전보다는 그가 조금 밝아진 것 같다는 생각을 했습니다. 몰려가고 있는 것이었을까요. 그의 마음과 몸에 남아 있던 어둠과 푸르스르함이.

여느 때처럼 처음 가보는 아파트 계단을 오르내리며 대문 앞에 치킨집 전단지를 붙이고 있던 도중이었습니다. 갑자기 그에게서 연락이 와 메시지를 확인해보았습니다.

"편집 다 끝냈어. 이제 인쇄소에 맡기기만 하면 돼."

저는 저의 꿈이 이루어지기라도 한 것처럼 뛸 듯이 기뻐 가방 안에 든 전단지를 모두 위로 던져버리며 환호성이라도 지르고 싶었으나, 제 몸에 아직 남아 있던 성실함과 얼마 되지 않는 시급이 저를 금세 차분하게 만들어줬습니다. 그는 부모님께 늦었지만 지금이라도 정신 차리고 공무원 시험 준비를 해보겠으니 마지막으로 한 번만 믿어달라며 교재비와 강의비 명목으로 돈을 좀 빌렸다고 했습니다. 그는 그 돈을 전부 저에게 맡기며 책 제작비와 기타 경비로 사용해달라고 했습니다.

인쇄소에서 몇 번의 피드백이 오간 후 책은 작은 용달차에 실려 저의 집으로 도착했습니다. 그는 집이 좁아 책을 둘 곳이 없거니와 또 부모님께 이런 것을 만들었다고 보여줄 수는 없다며 자신의 집으로 배송을 받는 것은 힘들 것 같다고 이야기했습니다.

홍보용의 SNS 계정을 만들었습니다. 그가 오랫동안 블로그를 해오기는 했지만 여타의 SNS는 사회적 관계망이라는 이름대로 사회적인 관계가 존재하지 않으면 유지하기 힘든 것이었습니다. "내가 이런 걸 다 해보네." 그의 얼굴에는 쓸쓸한 미소가 서렸습니다. 앞으로 너는 유명해지게 될 거야. 저는 그에게 장담해 보였습니다.

독립서점 입점을 위해 입점제안서를 작성하였습니다. 아무래도 그는 이런 형식이 필요한 문서 작성은 어려워하는 것 같아 보였습니다. "이건 이렇게 쓰고 이런 이런 내용을 넣는 게 좋겠다. 내가 또 이런 부분에 있어서는 전문가잖아." 그에게 조언을 하였습니다. 수백 장의 통과되지 못했던 이력서를 써왔던 것이 도움이 될 때도 있네, 저는 속으로 몰래 생각했습니다.

책을 넣은 가방을 짊어지고 서울 근교에 있는 독립서점에 입고를 하는 일은 제 몫이었습니다. "사람들 마주치는 건 아무래도 어려워." 난색을 표하는 그에게 저는 다시 한 번 예의 그 자신감을 보였습니다. "그런 건 내가 해. 아무 걱정하지 마." 그렇게 그가 블로그에 써왔던 글을 모아 책자로 만들어 독립서점에 입고를 하기 위해 찾아가 문을 열고 들어서며 저는 서점 주인분들께 인사를 드렸습니다.

"안녕하세요, 김봉철입니다."

3

석양이 진다, 한 게임 캐릭터가 필살기를 사용할 때 하는 말입니다. 피시방에서 같이 게임을 할 때면 그는 게임 캐릭터의 대사를 흉내 내며 조용히 중얼거리고는 했습니다. 처음에는 그 모습이 재밌고 신기하여 지켜보았지만 시간이 갈수록 서른이 넘어서 보이는 행동으로는 맞지 않는다고 생각되고 주위에서 이상하게 쳐다보는 것 같아 창피하기도 하여 한번은 물어보았습니다.

"너 그거 왜 그러는 거냐?"

"뭘?"

"총 쏠 때마다 석양이 진다 이러는 거."

"내가? 몰랐어. 미안해."

나중에 그가 밝힌 바로는 이렇습니다. 책을 잘 읽지 않는다는 그가, 사람과 대화하는 법을 모르며 대화를 해볼 기회가 많지도 않았던 그가 이야기를 할 수 있는 상대는 우습게도 게임 속 캐릭터들뿐이었다는 것. 저는 이 말에 묘하게 흥미를 느꼈습니다. "'석양이 진다.'는 '바람이 분다.'와 많이 닮았어." 하고 이야기한 뒤 그는 잠시 생각에 잠겼습니다. 요새는 후크송이 인기를 얻고 수능 금지곡이라는 말도 생겨났다. 말은 단어와 문장을 구성하여 특정한 이미지를 전달하는데 여기서 그 단어와 문장의 구성은 중요하다. 읽다 보면 리듬감을 전해주는 문장들이 있는데 자신은 그러한 말들을 좋아한다는 것이었습니다. 좋아하는 문장, 잘 써진 글들을 많이 읽으면 그러한 문장의 구성과 형식이 마치 후크송처럼 머리에 남아 언젠가는 자신의 생각을 그 문장의 형식에 담아 구사할 수 있게 된다는 것. 흔히 글을 쓸 때 중요하다고 여겨지는 다독과 다념과 다작. 많이 읽고 많이 생각하고 많이 써보는 것이 중요한 이유가 여기에 있지는 않을까요.

"소설 한 권을 쓰기 위해서는 한 수레의 책을 읽어야 한댔어."

"한 수레가 몇 권쯤 되는데?"

"한 500권?"

"근데 요새 누가 수레라는 말을 쓰기는 하나? 너는 몇 권 정도 읽었는데."

"한 20권?"

넌 소설은 못 쓰겠다야, 하고 웃으며 말하자 그는 표정이 좋지 않아 보였습니다. 게임에 져서일까요. 쉽게 던진 농담에 과민하게 반응하는 그는 놀리는 재미가 있었습니다. 생각을 해보니 그의 말에도 일리는 있어 보였습니다. 딱히 글이 아니더라도 친한 친구나 연인과 오래 같이 지내다 보면 그들의 말투를 닮게 되고 자주 쓰는 단어나 행동이 겹치게 되는 일들이 있습니다. 국내나 해외의 유명한 영화감독 중에서도 영화를 어떤 정규적인 교육 단계를 밟아 공부를 한 것이 아니라 어린 시절부터 영화를 굉장히 많이 보아 유명한 영화 감독이 되었다는 말을 들은 것도 같았습니다. 그렇다면 글을 쓰기 위해서는 자기가 쓰려는 것과 유사한 장르의 글들을 많이 읽고 많이 생각해보는 것이 좋지 않을까요. 저는 어느새부터인가 김봉철과 말투가 많이 닮아간다는 것을 느꼈습니다. 특히 시도 때도 없이 나오는 그의 "죄송합니다."라는 말을. 저는 이것을 깨달은 순간 흠칫 놀라 조심해야겠다고 생각했습니다. 기껏해야 봉철 가고 싶은 대로 간다, 하는 게임 속 대사를 따라 하는 그의 말투와 닮을 수는 없는 노릇이었습니다.

마켓에 참가하기도 했습니다. 독립서점에서 주최하여 독립출판물 제작자들이 한곳에 모여 책과 엽서 등을 판매하는 곳이 있다는 것을 보고 그에게 물어보았습니다. "같이 나갈래?" 그는 고개를 가로저었습니다. 아직까지 사람들 많은 곳에는 나가기 어렵다는 그는 나가보고 싶으면 혼자 나가라고 말했습니다. 참가 신청서를 내고 가방에 책을 담고 마켓에 참가하였습니다. 땀을 뻘뻘 흘리며 가방을 짊어지고 장소에 도착하였을 때, 다른 제작자들은 모두 캐리어에 짐을 실어 온 것을 봤습니다. 아, 저런 방법으로 가져오면 훨씬 편했을 텐데. 저는 괜스레 마켓에 같이 오지 않고 집에서 잠을 자고 있을지 게임을 하고 있을지 모를 그가 미워졌습니다. 심통이 나 그에게 메시지를 보냈습니다. "자냐? 또 게임하냐? 나는 이렇게 땀 뻘뻘 흘리면서 여기 나와서 니 책 한 권이라도 더 팔아보려고 애쓰는 거 알지? 어제 SNS에 홍보 글도 다섯 개나 올렸어." "미안해." "석양이 지냐? 어? 석양이지고 있어? 너는 아주 항상 니 멋대로야." 모두가 책을 캐리어에 담아 끌고 오는 자리, 혼자만 바보같이 백팩에 잔뜩 짊어지고 간 저는 저의 수치심을 분노로 바꾸어 그에게 쏟아내버렸습니다. 친구가 없어 오래도록 외롭고 고독했던 그의 삶에서 친구가 사라지는 일은 익숙하지만 또 두려운 일처럼 보였습니다. 관계가 끊어지는 것을 두려워하는 그의 오랜 불안과 공포를 빌미로 어느새부터인가 저도 모르게 그를 심리적으로 압박하고 있었습니다. 그때부터였을까요, 우리 사이에 정말 석양이 지고 있었던 것이.

석양이 질 무렵까지, 테이블에 책을 꺼내놓고 사람들이 지나가는 것을 보았습니다. 마켓에 참가하는 일은 즐거운 경험이었습니다. 나름의 판매 전략이 있다고 장담을 하고 나왔습니다만 저에게 그런 깜냥이 있을 리 없었습니다. 다른 독립출판물 제작자들과 인사를 하고 이야기를 나누었습니다. 이럴 수가, 저는 속으로 작은 탄식을 내뱉었습니다. 겉으로는 아무렇지도 않은 척 인사를 나눴습니다만 그들의 외양과 풍기는 분위기가 저를 주눅들게 하였습니다. 말끔하고 지적인 뉘앙스가 그들에게서는 흘러나왔고 그들은 테이블 앞에 서 있는 사람들과 자신감 있고 당당한 표정으로 이야기를 나누고 있었습니다. 지하철 역 입구나 길거리에서 전단지를 나누어주던 일을 떠올리며 마케팅에는 자신이 있다며 김봉철에게 떠벌리고 온 것을 후회했습니다. 게다가 웬일인지 제 테이블 앞에는 아무도 오지 않았습니다. 다른 사람들의 테이블에는 호기심을 보이고 눈길을 주며 관심을 가지며 살펴보던 이들이 유독 제 앞에서는 눈길을 흘깃 주고는 스쳐 지나갔을 뿐입니다. 흘깃. 살면서 얼마나 많은 흘깃을 견뎌내야 했을까요. 용기를 내서 "구경 좀 해보고 가세요." "책 읽어보고 가세요." 하는 말을 간간히 해보았으나 사람들은 주눅 들고 풀이 죽은 목소리에는 시선을 두지 않는 법입니다. 흘깃. 저는 마켓에 어디에도 시선을 둘 곳이 없어 다시 집에서 속 편하게 게임이나 하고 있을 김봉철에게로 시선을 돌렸습니다. 왜 이런 것을 쓰고 책이라고 만들어서 나를 이곳에 나오게 했나. 분노는 때때로 잘못된 이유로 인해 더 커지는 법입니다. 어디서부터 어디까지가 잘못되었나에서 어디를 빼고 나니 잘못만이 남았습니다. "죄송합니다." 입버릇처럼 되뇌던 그의 말이 생각났습니다. 잘못은 방향과 속도를 잃은 채로 제 안에서 그에 대한 분노로 쌓여가고 있었습니다.

그래도 사람들이 책에 관심을 갖고 읽어보기도 했습니다. 독립책방에서 책을 구입하여 읽어본 후 저를 궁금해하며 찾아온 사람들도 있었습니다. 그런 분들은 저를 작가님, 이라는 호칭으로 부르셨습니다. 작가님. 평생에 들어볼 거라고는 생각해본 적도 없는 말이었습니다. 괜스레 어깨가 으쓱해졌습니다.

"봉철 님 저 책 잘 봤어요." 하는 말에 감사합니다, 하고 웃으며 대답했습니다. 왠일인지 저에 대해 잘 알고 있다고 생각하고 친숙하게 느끼는 것 같았습니다. 마치 제가 김봉철을 처음 봤을

때 그에게 느꼈던 묘한 친밀감처럼. 눈앞에서 책을 읽고 웃음을
터트리거나 사뭇 진지한 얼굴로 정독을 하는 이들도 있었습니다. 작가님, 하고 물으면 네 제가 김봉철입니다, 하고 대답했습니다. 진짜 김봉철은 집에서 게임이나 하고 퍼질러 자빠져 있겠지만 이렇게 밖에 책을 들고 나와 사람들과 이야기를 하는 제가 더 고생하는 게 아닐까요? 그렇다면 만들어진 책에 대한 보상은 제가 받아야 마땅한 일입니다. 글을 제대로 써본 일도 아니 글을 써보겠다는 생각을 해본 적도 없지만 저는 점점 그 작가님 소리에 취해가고 있었습니다. 어떻게 이렇게 솔직한 글을 쓸 수 있으세요? 주로 들은 말은 이 이야기였습니다. 어떻게 이런 글을 쓰고도 다른 사람에게 보여주는 것을 부끄러워하지 않는가. 저는 글을 쓰는 사람이 아닙니다. 글쓰기를 전문적으로 배워본 일도 없습니다. 단지 밤하늘의 어둠이 가시고 내일의 태양이 떠오르기 전, 어제의 어둠이 아직 내 마음속에 남아 있지 않기를 바라는 사람일 뿐입니다. 달은 사람들의 어제의 어둠을 가리기에 매일 저렇게 차고 또 가라앉는 것은 아닐까요, 하고 짐짓 폼을 재며 대답하고 있었습니다.

　그러나 이런 질문을 마주할 때면 저는 마음속으로 일말의 죄책감을 느끼며 생각하고는 했습니다. 그것은 제가 쓴 것이 아니라 김봉철이 쓴 글입니다. 그는 어느새 저의 마음속에서 가라앉기를 바라는 푸르스름한 어둠이 되어가고 있었습니다. 빌고 남은 소원만 남긴 채로 차고 나면 기울어버리는.

그러자 왠지 테이블 뒤에 서 있는 것이 부끄러워지고 귀찮아져 저는 도망을 가 있을 궁리를 하였습니다. 종이에 '무인서점'이라고 적고 제 계좌번호를 남겨둔 뒤 근처 피시방에 가서 게임을 하며 시간을 때운 뒤 마켓이 끝날 때쯤, 시간 맞춰 돌아와 정리를 하였습니다. 그에게 혹시라도 제가 게임에 접속 중인 것이 들킬 것이 두려워 그가 모르는 아이디를 사용하였습니다.

"좀 팔렸어? 누가 보기는 해?"

"아니 망했어. 아무도 안 사더라. 쳐다보지도 않던데?"

"아 역시 그렇지? 누가 이런 걸 돈 주고 사서 봐. 너만 괜히 고생했네."

마켓에서 돌아와 그를 만났습니다. 아무리 사람들에게 관심이 없어 보여도 그도 궁금하기는 했던 모양이었습니다. 짐짓 시선을 다른 곳에 두며 별 흥미 없는 척 물어보는 그의 눈가가 오랜만에 반짝였지만 저는 그에게 마켓에서 책 판매는 거의 되지 않았다고 차비만 날렸다며 짜증 섞인 이야기를 해주었습니다. 지갑에는 사실 책을 팔고 받은 만 원짜리 몇 개가 들어 있었지만 이건 책을 힘들게 들고 가져가 하루 종일 고생한 저에게 주는 수고비로 생각하기로 했습니다. 독립서점에 입고되어 있는 책들이 팔리면 간간히 제 은행 계좌로 돈이 들어오기는 했으나 그에게는 아직 이야기를 하지 않았습니다. 책이 팔리는 것을 알면 더 게을러질 수도 있어. 얘는 아직 돈맛을 봐서는 안 돼. 아직 순수

하고 깨끗한 채로 남아 있어야 돼. 처음에는 약간의 죄책감도 들기는 했으나 감정은 어차피 무뎌지기 마련입니다. 오히려 그런 죄책감은, 저의 경제적인 상황이 자력으로는 개선할 방도가 적다는 사실과 책을 만들고 외부 활동은 전부 제가 도맡아서 해야 한다는 피로감이 섞여 그에 대한 짜증과 분노로 뒤틀려가고만 있었습니다.

"오늘 게임은 좀 이겼어?"

"아니. 나도 너 나가 있는 게 궁금하고 떨려서 손에 잡히지도 않더라. 계속 지기만 했어."

왜 나는 내가 만든 책을 가지고 밖에 나가지도 못하고 집 안에만 있는가, 하는 생각에 사실은 하루 종일 괴로웠다는 이야기를 할 때 그의 눈가에 조금 눈물이 보인 것도 같았습니다만 저는 모르는 척을 했습니다.

"됐어, 내가 나가서 했잖아. 뭐하러 힘들게 두 명이나 나가서 일을 해. 어차피 책 잘 팔리지도 않는데."

"고마워. 고마워 정말. 너 아니었으면 사람들한테 이거 밖에서 보여주지도 못 했을 테니까."

"그럼 나 나가서 고생했으니까 오늘 밥은 니가 사는 거지?"

"응. 그럴게."

그와 같이 저녁을 먹으면서도 저의 머릿속에는 그날 들었던 '작가님' 소리가 계속해서 맴돌고 있었습니다.

4

'이 정도는 나도 쓸 수 있을 것 같다.'

어느 순간부터 제 머릿속에는 작가님 소리는 김봉철이 아니라 제가 들어야 마땅하다는 생각이 들기 시작했습니다. 이게 뭐라고 사람들이 읽고 잘 읽었다 소리를 하지? 저는 그가 만든 책을 다시 읽어보며 그런 생각을 했습니다. 그렇게 잘 쓴 것 같지도 않고 아무나 쓸 수 있는데 아무도 쓰지 않는 우울하고 뻔한 이야기들을 굳이 기어코 어거지로 써냈기 때문에 사람들이 읽는 거 아닌가? 처음에 그의 글을 보며 느꼈던 그 감정들은 어디 가버렸을까요. 아마 우리가 너무 친해지고 가까워졌기 때문에 무뎌지고 또 익숙해져버린 것은 아닐까요.

그 즈음부터는 저도 그에게 글쓰기에 대해 물어보고 또 직접 글을 써보려는 시도를 해보기도 했습니다. 부끄럽고 또 미흡하지만 그에게 보여주었던 제가 쓴 시 한 편을 소개해봅니다.

새벽

안쓰럽고 또 안타까우며 아직까지도 어둠
속에서만 간신히 빛을 바라며

2교대와 3교대 사이 나의
마음과 몸은 공장 레일 안에서 빠그러지네 어둠이
몰려가는 새벽 남아 있는
푸르스르함은 내 몸의 멍자국뿐

'나'라고 쓰고 괄호를 쳐서 나이를 적어두니
더 이상 쓸 말이 없다 무슨
이야기를 이어갈 수 있을까 괄호
하나 안에 하나 둘 셋이 모인 나이를 지우고
다시 하나 둘
적어본다 미련

주로 새벽에 나가서 일을 하니
마주칠 일은 거의 없어 다시
하나 둘 적어본다 미련

어딘가 오랜 어둠이 느껴지는 음울함
햇빛이 유독 얼굴에 오래도록 비치고 있는 것마냥
얼굴에는 그림자가 깊게 패여 있다 새벽
미련함을 이끌고 힘겹게 열어낸 현관

무슨 이야기를 이어갈 수 있을까
미련의 색깔은 푸르스름 허공을
휘휘 저어 다시 불러내 보는 불빛
안타깝고 또 안쓰러우며 아직
까지도 어둠
속에서만 간신히
빛을 바라며

사그러든다

이 정도면 제법 괜찮지 않은가 하는 생각이 들었습니다. 그에게 시를 보여주고 평가를 받을 요량으로 가져가 보여주었습니다. 그는 한동안 말없이 고개를 갸웃거리며 천천히 읽어 내려갔습니다. "잘 썼네." 한마디를 던진 뒤 종이를 접어 자신의 바지 주머니에 집어넣었습니다.

"뭐 더 해줄 말은 없어? 솔직히 어떤 거 같아?"

"잘 썼다고 생각해."

"아니 어디가 좋으면 좋다 이상하면 이상하다 말을 좀 해달라니까?" 재차 물어도 그는 더 이상 말을 잇지 않았습니다. "너 내가 너보다 더 잘 쓸까 봐 불안해서 그러지?" 해도 그는 웃으며 넘길 뿐이었습니다.

그 즈음의 그는 첫 번째 독립출판물을 제작하고 이어 두 번째 독립출판물을 준비 중이었습니다. "내가 만든 책을 사람들이 읽는다는 게 신기해. 물론 잘 안 팔리긴 해도. 시나 소설도 이제는 좀 제대로 써보고 싶어." 처음의 시도가 꽤나 마음에 들었던 걸까요. 아니면 오랫동안 아무것도 하지 않고 지내던 중 뭔가 하나의 결과물을 만들어냈다는 것에서 그도 조금은 자신감 같은 것을 얻은 것은 아니었을까요.

"서점에서는 책 팔리는 거 없어? 책 새로 만들려면 또 돈이 좀 필요할 텐데. 집안 형편도 어려운데 더 손 벌릴 수도 없고. 그거 아냐? 우리 집에서는 그래도 내가 오랜만에 공무원 시험 준비라도 해보려고 한다고 좋아하시더라. 엄마는 내가 요새 공부한다고 독서실 다니는 줄 아셔."

"아직 없다. 아직 입소문도 안 났고 사람들이 쉽게 사기는 힘든 책이니까 아무래도."

책은 간간히 팔려 얼마간 용돈을 할 정도의 금액이 제 통장으로 매달 정산되어 들어오고는 했습니다. 줄곧 해오던 전단지 아르바이트도 당분간 하지 않고 있던 저에게는 요긴하게 쓰이는 금액이었습니다. 그에게는 아직 말할 때가 아니라는 생각을 했습니다. 저는 지레 숨기고 싶은 부분을 들켜버린 기분이라 도리어 그에게 짜증을 내고 언성을 높였습니다. 제가 쓴 시를 읽고서 별다른 말을 해주지 않는 것도 저를 무시해서 그런 것만 같았습니다. 그에게 하는 말과 행동이 과격해지고 나서였을까요. 언제부터인가 그가 저의 연락을 받지 않고 피하는 것 같았습니다. "그보다 너 요새 왜 이렇게 연락이 안 되냐?" "아 요새 새로운 책을 좀 만들어보려고." "그렇다고 이렇게 친구를 무시해도 돼? 니가 나 없으면 책을 만들 수나 있었을 것 같아?" 그는 다시 고개를 숙였습니다. 얼른 집에 가고 싶은지 계속해서 벽에 걸린 시계를 훔쳐보고는 했습니다.

이 정도는 나도 쓸 수 있을 것 같다. 내가 마켓에 나가서 제대로 홍보를 하고 판매를 하지 못한 이유는 내가 쓴 글이 아니기 때문이다. 저는 저의 나태와 태만의 원인을 또다시 그에게서 찾고 있었습니다. 그와 그가 쓰는 글을 점점 더 무시했고 '이 정도'의 차이만 좁히면 그 정도는 저도 할 수 있을 것만 같았습니다. 저는 조금 말투를 누그러뜨리고 물었습니다. "근데 사람들은 대체 왜 글을 쓰는 거냐?" 조금 다정해진 저의 말투에 그는 마음을 푼 것 같았습니다. 살짝만 다정하게 대해도 금세 눈가가 촉촉해져오는 그의 반응을 보는 일은 재밌었습니다. 살면서 다른 사람으로부터 존중받는 일이 적었던 제가, 유일하게 영향력을 끼칠 수 있는 인물은 그뿐이라는 생각에 우습게도 저는 그가 계속 제가 무시할 수 있는 사람이기를 바라고 있었는지도 모릅니다.

"글은 욕망을 드러내는 거야. 예전에 국어 교과서에서 어떤 사람이 쓴 글을 봤어. 글은 그 사람의 욕망을 드러내는 일이라고."

"욕망은 나쁜 거 아냐?"

"글쎄. 사람은 누구나 다 욕망이 있어. 그걸 어떻게 드러내고 어떻게 표현하냐에 따라 달라지지 않을까. 내 경우엔 친구가 있었으면 좋겠다는 욕망. 누군가가 내 이야기를 들어주었으면 하는 욕망이었는지도 모르지."

그는 다시 쓸쓸한 표정을 지었습니다.

"그럼 너는 욕망을 이룬 거네? 나 같은 좋은 친구를 만났으니까 니 이야기도 잘 들어주고."

"그래 그런지도 모르지." 그는 미소를 보였습니다.

저는 저의 욕망이 무엇인지 생각해보았습니다. 작가님. 제가 쓴 글이 아니었지만 작가님 소리를 들은 것이 저에게는 가장 기쁜 일이었습니다.

"글을 쓰고 싶은 거지? 나는 니가 잘 쓸 수 있을 거라고 생각해."

속마음을 들킨 것 같아 뜨끔하였습니다. 글 보여주니까 제대로 읽어보지도 않고 집어넣은 주제에. 저는 다시 심통이 나서 그에게 대꾸하였습니다.

"아냐 작가는 무슨. 내가 글 같은 걸 어떻게 쓰겠냐."

글을 쓰고 싶냐고 물었으나 작가라고 바꿔 답한 것을 그는 눈치챈 듯 했습니다.

"난 내가 작가라고 생각 안 해. 글을 쓰는 사람이라고도 생각 안 하고. 자기 스스로 작가라고 생각하면 안 되는 거야. 작가가 되고 싶다. 작가가 되어야겠다고 생각하면 그때부터는 작가가 뭘까 작가의 일을 해야겠다고 생각하게 되는 거야. 그럼 또 작가는 뭘까 어디서부터 어디까지 작가라고 할 수 있을까. 그런 말과 물음과 얽매여버려서 아무것도 할 수 없게 돼. 작가가 돼야겠다고 생각하지 말고 차라리 글을 써야겠다고 생각을 해. 나는 그냥 내 이야기를 글이라는 형식을 빌려서 쓴 거야. 딱히 글을 쓴다는 생각도 없었어. 그냥 그건 형식에 불과한 거야. 마치 작가라는 이름 따위처럼. 글을 써. 작가 같은 거 하지 말고."

'작가님 소리가 듣고 싶다. 작가라는 이름을 가지고 싶다.' 저를 옭아매고 있던 속마음을 들켜버린 것 같았습니다. 저는 부끄러워져 도리어 화를 냈습니다.

"니가 뭘 알아? 너는 작가 아냐. 무슨 헛소리를 하고 있는 거야 지금. 작가는 저기 뭐야 그 대학 나와서 국문과 나오고 어? 문창과 나와서 막 신춘문예 같은 거 도전하고 문예지 같은 거에 글도 실리고 그러는 사람을 작가라고 하는 거야. 이깟 책 한 권 만들었다고 니가 작가라도 된 것 같고 글쓰기도 잘 아는 것 같고 그렇지? 사람들 다 속으로는 비웃고 있어. 니가 무슨 작가냐고. 이런 건 나도 쓰겠다. 어차피 니 엄마한테 공무원 시험 준비하겠다고 삥친 돈으로 니가 혼자 만든 책이잖아. 이딴 게 무슨 책이고 글이야. 니가 작가라고? 고등학교도 안 나온 게. 공무원 시험은 개뿔, 집에 가서 정신 차리고 검정고시나 봐라."

쏟아내듯 말을 마친 뒤 아차 싶어 얼른 그의 눈치를 살폈습니다. 차라리 저를 똑바로 쳐다보며 같이 화를 내고 욕을 해주었으면 했으나 그는 아무 말도 하지 않다가 예의 그 입버릇 같은 한마디를 했을 뿐입니다.

"미안해."

그렇게 헤어진 이후 한동안 그와 연락이 닿질 않았습니다. 간간히 제 계좌로 들어오는 정산금으로 생활을 하며 글을 써보려고 했습니다. 나도 할 수 있어. 고등학교도 못 나온 김봉철도 했는데. 나라고 못할 것 같아? 그러면서도 그가 잘 지내고 있는지 궁금하고 또 한편으로는 너무 심한 말을 해버린 것은 아닌가 미안하기도 했습니다. 그러고 보니 그와는 피시방이나 카페에서 만났을 뿐 어디 사는지 나이가 몇인지도 모른다는 생각이 들었습니다. 그의 글과 책을 읽고 그에 대해 많은 것을 안다고 생각했지만 정작 그에 대해서는 아무것도 모르고 있었습니다. 그의 소식을 듣게 된 것은 얼마 후 의외의 연락을 통해서였습니다.

"어 봉철 작가님 잘 지내시죠? 아니 내가 얼마 전에 이상한 사람을 하나 봐서 말이야. 어떤 사람이 책방에 갑자기 찾아와서는 자기가 김봉철이라는 거야. 그러면서 책은 잘 팔리는지 몇 권이나 팔리는지 묻던데? 많이는 아니더라도 꾸준히 나가는 편이라고 했더니 슬쩍 웃더라고. 그러면서 그 봉철 작가님 책을 이렇게 계속 들여다보다가 인사하고 그냥 나가던데? 이 사람 뭐야 대체?"

책방에 모자를 푹 눌러쓴 왜소하고 초라한 행색의 남자가 찾아왔다는 것이었습니다. 저는 극도로 불안해졌지만 별 미친 사람 다 있다고 애써 웃어넘겼습니다. 나야. 내가 김봉철이야. 사람들은 어차피 내가 김봉철이라고 알고 있어. 어차피 말도 못하고 밖에 나가지도 못하는 애라 설마 걔가 사람들한테 자기가 김봉철이라고 해도 사람들은 내 말을 더 믿을 거야. 애써 되뇌며 저를 안심시켰습니다.

그로부터 다시 연락이 온 건 몇 달이 지난 후였습니다. 저는 그동안 독립출판물 제작자로서 여러 가지 활동을 하고 있었습니다. 시민단체에 초청을 받아 강연을 하기도 하고 동네 책방을 돌아다니며 북토크를 하기도 했으며 마켓에 참가해 책을 판매하기도 했습니다. "만나자." 문자를 받자마자 놀라 그에게 바로 전화를 하였으나 그는 받지 않았습니다. 대신 시간과 장소가 적힌 메시지를 보내왔을 뿐입니다.

화를 낼까. 용서를 구할까. 그를 만나게 되면 무슨 말부터 해야 될지 몰라 저는 머릿속이 복잡해졌습니다. 오랜만에 만난 그는 더욱 초라해 보였습니다. 정돈되지 않은 머리카락, 수염도 깎지 않은 얼굴. 이제는 정말 많은 것을 놓아버린 것 같았습니다. 내가 이길 수 있어. 내가 장악할 수 있는 유일한 사람. 저는 자신감이 생겼습니다.

"반갑다, 김봉철."

그가 건네 인사에 굳은 결심이 허물어지는 것 같았으나 다시 마음을 잡았습니다.

"니가 이제 와서 누구한테 말한다고 해도 소용없다. 내가 이제 김봉철이야."

"알아. 이제 그런 건 별로 상관 없어. 여기저기서 소식 봤어. 좋아 보이더라."

저는 그제야 마음이 조금 누그러져 물었습니다.

"잘 지냈냐?"

"나야 뭐 그렇지. 나 티어 마스터 달았어."

높아졌다는 그의 온라인 게임상 계급에 비해 그는 정말이지 너무나도 낮아 보였습니다. 푸르스름한 어둠. 빌고 남은 소원. 더 이상 아무도 동전을 던지지 않는 망가진 분수대.

"글은 좀 써? 요새 블로그도 안 하는 것 같던데?"

"그런 거 이제 안 하려고."

"왜? 책 뭐 새로 만들어보겠다고 했었잖아."

그런 건 글도 책도 아니니까, 그는 쓸쓸한 미소를 보이며 이야기했습니다. 그가 혼자서는 책을 만들기는커녕 집 밖으로 나오는 일에도 큰 용기가 필요하다는 것을 누구보다도 제가 가장 잘 알고 있었습니다. 이 사람이 잘되었으면 좋겠다, 하고 생각했던 그를 처음 만났을 때의 제 마음은 어디로 가버린 걸까요. 울고 싶었으나 눈물이 나오질 않았습니다. 마치 고장이 난 분수대처럼.

"돈까스 먹을래? 내가 사줄게."

저의 말에 그는 웃었습니다. 그는 잘 지내는 것을 봤으니 됐다며 자리에서 서둘러 일어섰습니다. 예전보다 밖에 나와 있는 걸 더 견디기 힘들어하는 것 같았습니다. "이거." 하고 그는 주머니를 주섬주섬 뒤지더니 깨끗하게 접힌 종이 하나를 꺼내주었습니다. "그냥. 내가 중졸이라 잘 모르지만 좀 봤어." 하고 건넨 종이에는 제가 예전에 써서 그에게 보여주었던 시가 적혀 있었습니다. 빼곡한 메모와 밑줄로 자신의 생각을 적고 오탈자를 빨간 펜으로 표시해둔.

안녕.

그 뒤로 그와는 다시 만날 수 없었습니다.

안녕.

안녕, 김봉철.

여러분들께 다시 한 번
정식으로 인사드리도록 하겠습니다.

안녕하세요, 김봉철입니다.

우리는 서로의 삶을 한구석 살릴 수 있다

강준서

강준서

파도 속에서 평온을 믿자, 춤을 추자. 각자의 파도 결을 온전히 바라보다 나만의 수영법을
만들어내자.

글이 가진 힘을 믿기 때문에 여전히 씁니다. 나는 쓸 때 가장 몰입하고 가장 빛나요. 당신이
만난 세상의 총량 중에 아름다움의 지면을 넓히는 일에 기여하고 싶습니다.

책 『순간을 대하는 태도』 『맑음에 대하여』

전시 〈우리가 함께한 시간들〉

팝업 프로젝트 〈Les Jardiniers in Paris〉

@inspirexwarmth

도서관에 좋아하는 자리가 생겼다. 2층 벽은 통유리창으로 둘러싸여 있다. 창을 따라 책상이 길게 붙어 있다. 서가 분류 중에 철학 코너가 배치된 곳은 가장 구석이다. 기분이 바닥에 늘어지고 그걸 밟으며 걸어야 하는 날이 있다. 그런 날에는 철학 서가 쪽에 창을 보고 앉는다. 나뭇잎이 흐드러진다. 이 장소를 좋아하는 이유는 여기서 창에 관한 글을 쓰고 난 후에 느꼈던 좋은 기분을 여전히 기억하기 때문이다. 긍정적인 경험은 내가 열심히 걷다가 걸려 넘어지는 순간에 불현듯 따라와 나를 보호한다. 나는 욕심이 참 많은 사람인데 글을 쓰기 시작하면서 여러 욕심을 비우고 한 가지 욕심이 늘었다. 무수한 당신이 걸려 넘어지는 어느 순간에 나의 글이 당신의 무릎 밑에 먼저 깔리기를 바란다. 무릎은 마음일 것이다.

혼자 있는 시간을 잘 지나오기 위해 힘쓴다

혼자 있는 시간을 잘 지나오기 위해 항상 힘쓴다. 답답하고 외로워서 사람을 부르고 싶을 때, 술을 마시고 싶을 때, 8할은 참는다. 갸우뚱할 수도 있다. 왜? 하지만 이 일은 결코 나를 고립시키는 일이 아니다. 열심히 살다가도 무기력한 시기가 주기적으로 찾아오는데 그때마다 타인과 섞이고 술을 마시며 회피한다면 내 색깔을 찾지 못할 것 같아서 무서웠다. 심심한 감정과 고독한 감정은 다르다. 심심할 때는 사람들과 어울리는 걸 정말 좋아하지만 내가 혼자 감당해야 하는 감정이 밀려드는 시간에는 착실히 나만의 시간을 보내려고 한다. 내가 처음으로 세상과 분리된다고 느꼈을 때 나는 혼자만의 시간을 많이 통과해야 했다. 그 거리감이 생긴 건 스무 살 때다. 나는 대학교에 들어갔지만 정서적으로 그곳에 속하지 못했다. 좋은 친구들을 만났다는 행운은 있었지만, 교육으로서 대학교를 존경할 만한 점은 하나도 발견하지 못했다. 그래서 마음속에는 적대감을 품고 다녔다. 사람들의 각기 다른 역량을 발굴하고 펼칠 수 있는 교육환경이 아니라는 생각이 강하게 들어서였다. 나는 교수님의 말을 녹여 점수를 잘 받을 수 있겠다 싶은 방향으로 시험지의 답을 써내곤 했다. 물론 그런 태도가 결과적으로 내 성적에 해가 될 일은 없다. 그러나 그때의 나를 표현하자면 조금 똑똑한 아이 정도였지 똑똑한 강준서는 아니었다. 이 시기부터 나는 '나'라는 사람에 대해서 많이 생각하게 되었다. 나의 개성을 찾는 법을 배운 적이 없어서 아직 발굴되지 못한 '나'의 모습들은 무엇일까. 그때 처음으로 고독이라는 무거운 단어를 내게 밀착시켰다. 혼자 있는 방에는 아침과 저녁이라는 자연의 시간과 무관하게 어둠이 들어차는 시기가 주기적으로 온다는 것을 알게 됐다.

풀리지 않는 답답한 마음을 풀어내고 싶었다. 그래서 책을 고르는 시간에 공을 들이고 나에게 와닿는 글을 읽기 시작했다. 책은 내가 주체적으로 선택할 수 있는 배움의 경로라고 생각한다. 꼭 책을 읽는 이유가 뭔가를 배우기 위해서만은 아니지만, 좋은 글을 통해 엉켜 있던 감정이 한 꼬투리 풀어지면 나는 더 많은 것을 받아들일 수 있는 상태가 되어 있었다. 시를 처음 접하면서 나조차도 설명할 수 없었던 추상적인 내 안의 감정들이 언어로 풀어져 있음에 놀랐다. 언어의 맛을 느끼고 그 맛에 따라 세상을 보는 눈이 바뀔 수도 있음을 알게 됐다. 좋아하는 단어가 생기고 그 단어들의 어감만으로도 나는 풍요로워졌다. 글이 재미있다고 느끼니까 아이들이 재미있는 일을 자꾸 반복하듯이 자연스럽게 쓰게 됐다.

감정을 처리하는 일은 끊임없이 배워야 한다

언제나 글을 쓰는 첫 번째 이유는 변함없이 나를 위해서다. 나는 글을 씀으로써 나 자신을 치유한다. 우리는 흔히 상황이

나 감정이 들이닥치는 일을 파도가 치고 부서지는 일에 비유한다. 감정의 물결을 쓰다듬는 법을 익히지 않으면 나의 소중한 것들이 범람해버릴까 겁이 났다. 내 감정에 대한 미숙함으로 누군가에게 상처를 입히고 상황을 악화시키는 것은 서툰 우리가 모두 저지르는 일이기도 하다. 동시에 돌이키기 힘든 일이라서 감정에 대한 성숙한 대처를 쌓아가야 한다. '마음 가는 대로. 흘러가는 대로.' 어느 순간에는 이 말들이 내게 주던 위안이 사그라졌다. 종종 우리는 내 마음이 어디로 가는지 몰라서 불안을 안고 다니기 때문이다. 혹은 순간적으로 확 일었다 사라질 마음과 시간을 지탱할 수 있는 마음의 구분이 힘들다. 하지만 그런 순간조차도 우리는 선택을 해야 한다. 그렇기에 감정을 들여다보는 일들이 내게는 아주 중요해졌다. 여전히 흐르되, 자신이 흐르는 방향을 점검할 필요는 있다. 순간의 감정을 가늠하고 다듬을 줄 아는 사람들이 더 유연하게 흘러가는 듯 보였다.

그래서 나는 혼자 감정에 대해 공부를 했다. 나는 뭐든 관심이 생기면 그걸 배울 생각부터 한다. 책상에 앉아서 감정을 공부하는 사람이라니, 참 재미없다. 하지만 책상 앞에서도 희열을 느끼는 멋진 사람 또한 나였다. 『중용』에서 말하길 인간에게 가장 생득적인 것이 감정이다. 기뻐하고, 노여워하고, 슬퍼하고, 두려워하고, 사랑하고, 증오하고, 욕심내는 감정은 사람이 태어나서 따로 배우지 않고도 매우 잘하는 것이다. 이렇게 자연스럽게 가진 것들이기 때문에 그만큼 끝까지 떼어놓을 수 없는 문제로 남는다. 어떤 감정이 생겨나는 것은 배우지 않아도 잘하지만 그 감정을 처리하는 일은 끊임없이 배워야 한다. 그래서 감정을 공부하는 것은 내 감정에 대한 조금 더 현명한 대처와 책임을 배우는 것과 같다. 나의 경우에는 글을 읽고 쓰면서 그 배움을 실천하고 있는 셈이다. 복잡한 마음을 빗댈 만한 공간이나 사물의 속성을 찾아서 그것을 글로 풀어내면 나는 꽤나 정돈된 상태에 놓였다. 우리에게는 스스로를 다치게 하는 못된 습성도 있지만 스스로를 치유할 수 있는 능력도 내재되어 있다고 믿는다. 나는 내가 만든 언어들로 나의 결을 다듬었다.

끊임없이 얽힌 감정과 생각을 종이에 꺼내놓는 일은 귀찮다. 하지만 그 귀찮음을 이기는 과정에서 글자가 되기 이전의 것보다 더 단단한 생각들이 언어로 튀어나오곤 했다. 그러니까 생각만 골똘히 하는 것과 그것을 글로 써보는 것은 다르다. 비유하자면, 목재로 사람이 들어가 살 수 있는 건물을 짓듯이 감정과 생각이라는 재료로 어휘를 조직하고 문장을 짓는 것이다. 그러면 이 또한 사람이 들어가 살아갈 만하다. 재료가 준비되었다고 해서 저절로 집이 생기지는 않는다. 그래서 글에는 재료를 붙잡아 써내는 행동력이 내재되어 있다.

하지만 감정이 너무 격할 때는 잘 쓰지 못했다. 오히려 쓰지 않으려고 했다. 너무 화가 나거나 너무 슬플 때는 그저 내가 지금 극단의 상태에 놓여 있다는 사실만을 쓴다. 나의 상태를 인지

하는 것만으로도 극한 감정으로부터 약간의 거리를 둘 수 있다. 거리두기만을 하고 함부로 쓰지 못하는 이유는, 자칫 치우친 생각을 하기 쉬운 상태인데 언어로 그 마음을 정의 내려버리는 일이 무섭기 때문이다. 언어는 힘을 가지는 만큼 파괴력 또한 가진다. 감정이 폭발해서 비극적인 사고방식이 강할 때 그 슬픔을 글로 써서 언어로 고정시켜버리면 나는 내가 만든 울타리 안에서 계속 울 수밖에 없다. 그래서 언어로 극단의 감정을 써내려가는 일을 섣불리 하면 안 된다고 생각한다. 타인에게 읽힐 글에 내 감정을 솔직 담백하게 풀어낼 필요는 있다. 하지만 그 감정을 무자비하게 배설하는 건 매우 다른 일이다. 또한 감정의 폭발은 공감을 살 수 있지만 지혜를 살 수는 없다. 나는 공감에 대한 구애보다는 한결 부드러운 지혜를 더 쓰고 싶다.

글은 '남는다'

내가 생각하는 글의 매력은 '남는다'는 특성이다. 스물두 살에 첫 번째 독립출판물을 내고 나서 지인으로부터 편지를 한 통 받았다. "스물세 살, 스물네 살은 또 많이 달라질 거야. 그래서 그만큼 스물두 살에 낸 첫 시집이, 지금이기 때문에 의미가 있는 것 같아. 너무 소중해." 막상 책을 인쇄하고 나면 기쁨과 동시에 후회도 있기 마련이다. 여기를 좀 더 잘할걸, 이거는 빼고 다른 글을 넣을걸 하는 생각들이 있었다. 그런데 언니의 편지를 받고 작은 후회들을 넣어두기로 했다. 이렇게 개인의 한 시절이 남는다.

개인적인 기록의 의미 이외에도, 글로 남겨놓음으로써 내가 느꼈던 순간이 다른 사람의 타이밍과 맞아 들어가는 건 정말 매력적인 일이다. 가끔씩 나의 글을 읽어주신 분들로부터 긴 글을 받는다. 누군가는 나의 글을 보고 울었다며 그 감정의 해소가 고맙다는 내용을 전했다. 그리고 누군가는 내가 글에 불어넣은 뜨거운 기분을 함께 느꼈다고 고백하며 자신의 이야기를 하기도 했다. 처음에는 그런 메시지에 기분이 우쭐했다. 지금은 그 좋은 기분이 조금은 다른 방향으로 가고 있다. 나의 글에 깊이 공감한다는 건 일정 부분 상대와 나의 경험치가 비슷하다는 뜻이다. 그래서 내가 쓴 내용에 맞닿는 감정과 상황을 지나온 사람들에 대한 존중감이 생기기 시작했다. 어떤 글을 읽고 마음이 오래 머무른다는 것은 그 사람이 어렴풋하게라도 비슷한 고민과 생각을 품고 있었다는 뜻이다. 그러니까 좋은 글이 된다는 건 쓰는 사람의 역할만이 아니라 글과 사람의 경험이 맞물리는 일이다. 그때 나에게는 과거의 감정이었던 것이 누군가에게는 현재가 된다. 글을 통해서 우리의 감정이 순환된다. 종잇장 사이에서 우리가 아주 깊이 호흡을 공유한다는 것은 얼마나 근사한 일인가. 이건 결코 당연한 일이 아니기에 매번 감사하다. 그 힘이 자꾸 나태해지는 나를 또 쓰게 만든다.

은유는 시선을 우회한다

또 한 가지 글의 매력은 생각하는 방식을 우회한다는 점이다. 나는 주로 시에서 이런 매력을 크게 느낀다. 시에는 은유가 들어 있다. 객관적으로 존재하는 현실 혹은 현상이 있다면 그것을 무엇에 비추어 보느냐에 따라 마음의 결은 달라진다. 나는 복잡한 생각이나 감정을 자연물, 공간, 사물 간의 관계들로 재구성하는 법을 익혔다. 실질적인 해결책이 나오지 않더라도 생각이 정돈된다는 데 의미가 있다. 우울한 날에 청소를 하는 쾌감과 같다.

'나'라는 방

오늘은 내 방의 구석에 앉았다 어제는 창가에 앉았다
어제도 비가 왔고 오늘도 비가 내린다
어제는 창가에 앉고 오늘은 구석에 자리 잡았다
웅크려 앉을까 하다가 다리를 쭉 펴고 앉았다
내가 하나의 방일 때,
나는 그저 지금 내가 앉은 곳에서의 시선만을 안다
어제의 나는 빗줄기와 소리를 향유했고
오늘은 내가 빗소리에 묻혀버렸다

그럼으로써 나는 또 안다
나의 방에는 창가의 자리도 있고

또 다른 방으로 건너가는 문도 있으며
지금은 그저 수많은 나날 중 여기에 있는 하루인 것임을

그래서 웅크려 앉으려다가
다리를 쭉 펴고 벽에 등도 기대보고
그렇게 앉았다

방의 이미지가 상상되지만 실재하는 방을 묘사했다기보다는 나의 기분을 다듬기 위해 방이라는 공간을 이용한 것이다. 이런 의미에서 나에게 글쓰기는 자폐적인 감정을 표출하는 가장 폭력적이지 않은 방법이다. 은유를 통해 날것의 거친 마음이 필터를 통과하게 하는 것이다. 이런 방식으로 개인의 사고방식이 조금씩 유하게 바뀌면 사실 세상에는 좋고 아름다운 면도 꽤 많다. 세상은 좋은 만큼 나쁘지만 또 나쁜 만큼 좋다. 나 스스로를 갉아먹는 생각을 더 심각하게 파고들지 않으려면 좌절을 절제할 필요가 있다. 슬프고 어두운 감정을 존중한다는 것은 그 감정을 우상처럼 여기고 그것에 도취된다는 뜻이 아니다. 슬프고 우울한 감정을 억지로 없애지 않고 그만큼의 몫을 온전히 지나온다는 의미다. 지나고 나서는 좋은 것을 발견하려는 마음도 필요하다. '웅크려' 앉을 때는 발견할 수 없는 것들이 '다리를 쭉 펴고 벽에 등도 기대보고' 앉았을 때 보인다. 시선을 우회하는 일이 실질적으로 살기 위해 얼마나 대단한 일인지 시를 읽고 쓰면서 알게 되었다. 그래서 나는 글의 힘을 믿는 사람이 되었고 그렇기에 여전히 쓰는 사람이다.

창조성은 즐거움을 느낄 수 있는 삶의 방식을 자꾸 만드는 것이다

종종 글을 쓸 때의 슬럼프에 관한 질문을 받는다. 사실 나는 이 질문에 대한 통쾌한 답을 할 수가 없다. 나는 그저 글의 매력을 느끼고 쓰는 행위를 존경하는 사람으로서, 글을 쓰는 일과 관련하여 슬럼프라고 여길 만한 괴로움을 겪은 일이 아직은 없다. 오히려 주기적으로 찾아오는 무력감에 나를 갉아먹히지 않고 시간을 무던히 지나가는 데에 글쓰기가 도움을 주었다. 물론 내가 이 일을 직업으로 삼고 있지 않기 때문에, 생계와 연결된 일이 아니기 때문에 그럴 가능성이 크다. 그래서 더욱이 쓰는 일을 전업으로 하고 싶은 생각은 거의 없다. 오히려 내가 쓰는 일을 존경하는 만큼 경제적인 제약과는 무관하게 이 즐거움을 보호하고 싶은 마음이 더 크다. 다른 일을 열심히 해서 나에게 글을 쓸 수 있을 만한 심적 여유를 주고 싶다. 물론 이 또한 이상적인 이야기로 들릴 수도 있다. 하지만 나는 무수한 타인들이 현실을 경계 짓고 이건 이상일 뿐이야 하고 단정 지은 일들을 나의 현실로 들여놓기 위해 끈질기게 노력할 것이다. 경험해보지 않은 사람의 조언과 충고가 내가 만들려는 아름다움을 질식시키는 경우가 굉장히 많다. 해보고 무너지면 그곳에서 울만큼 울다가 다시 시선을 돌리고 머리를 굴려보면 된다.

글을 쓰는 일에 대한 신중함은 늘 생각하지만 결코 두려움을 갖지 않는 이유는 글을 쓴 후에 좋은 기분을 느끼기 때문이다. 내가 쓰고 싶은 글을 쓰든, 과제를 위해 글을 쓰든, 어느 순간에는 아주 몰입해서 신난 사람의 표정으로 쓰고 있는 나를 발견하곤 한다. 나는 그때 가장 빛난다. 그렇다고 해서 모든 결과물들이 한번에 후루룩 잘 쓰인 글이 되는 건 아니다. 자꾸 무너지고 눈에 걸리는 일들이 생기지만 고치고 또 고쳐서 혹은 뒤집어엎어서라도 글을 마쳤을 때는 나 혼자만이 느끼는 유능감이 있다. 충분히 표현하고 무언가를 만들어내고 있다는 사실이 나를 즐겁게 한다. 물론 나도 힘들 때 글을 쓰기 시작했지만 이제는 오히려 행복할 때 마음에 드는 글을 쓴다. 혹은 글을 쓰면서 행복해지고 충만해진다. 가장 정신이 맑을 때 내가 좋아하는 풍의 글을 쓸 수 있다. 사사로운 문제들로 인해 낮은 마음을 갖게 될 때 나의 글은 일그러진다. 평온한 마음은 정말 순간일 뿐이고, 또 수많은 상황과 감정이 몰려오고 섞여 들지만 맑고 평온한 순간에 느끼는 신비로움은 '힘'이 있는 글을 만들어준다. 놀랍게도 어려움을 겪은 후에 가까스로 잡은 찰나의 평온한 마음으로 쓴 글은 당장 평온하지 않은 사람들에게 닿아 힘을 전한다.

계절이 바뀔 즈음에 한 번씩 만나는 친구가 있다. 내가 첫 번째 독립출판을 한창 준비하던 시기에 그 친구를 만났다. 글을 쓰고 그것들을 모아 편집하면서 내가 얼마나 설렜는지, 그래서 잠도 제대로 못 이뤘다는 이야기를 친구에게 했다. 그렇게 서로 쌓아두었던 대화를 잔뜩 하고 나서 친구는 나중에 "그때 그 말을 할 때의 네가 반짝반짝 빛났다"고 표현했다. 그 표현이 얼마나 고마웠는지 모른다. 나는 사람이 빛난다는 말을 믿는다. 사람은 자신의 역량을 제약 없이 끌어내면서 자유롭게 표현할 때 빛난다. 자율성을 가지고 무슨 일을 하기 시작하면 그 일을 하는 과정에서 긍정적인 에너지가 만들어진다. 자율적으로 무언가를 하다 보면 결국엔 가장 자기다운 일을 하게 된다. 그리고 주변에서 이 일에 대한 정서적인 지지를 보이면 사람은 자기 안의 더 많은 것을 끌어올릴 수 있다.

내가 이런 즐거움을 중요하게 생각하기 시작한 건 처음으로 대학교를 휴학했을 때다. 이 시기가 나에게는 터닝포인트가 되었다. 나는 신문방송학을 전공했는데 배우다 보니 영 흥미를 느낄 수 없었다. 그래서 긴 고민 끝에 다른 분야를 공부하려고 휴학을 하고 반수를 시작했다. 당시에는 실내건축을 간절히 하고 싶었다. 그래서 매일매일 실내건축 학원에 가서 인테리어 스케치를 배우기 시작했다. 그리고 혼자 영어 학원을 다니면서 수능 공부를 했다. 내가 아주 자율적으로 '하고 싶은 일'을 '하고 싶은 때'에 한 첫 번째 경험이다. 사실 영어 학원을 다닌 것도 수능 준비를 위해서가 아니라 회화가 너무 배우고 싶어서였다. 어느 날 책을 읽었는데 연인과 이별한 여자가 그 책의 주인공이었다. 여자는 헤어짐을 견디기 힘들어서 되는대로 비행기 티켓을 끊어 이곳저곳을 여행했다. 여행지에서 그녀는 새로운 사람들과 대화를 나누고 어울리며 새로운 문화를 겪어나갔다. 이 책 속의 어느 구절에도 언어나 영어에 대한 언급은 없다. 그런데도 나는 이 글을 읽으면서 생각했다. '언어 하나를 더 배우면 내가 생각을 나누고 서로 다른 가치들을 공유할 수 있는 사람의 범주가 훨씬 늘어나겠구나.' 만약 여주인공이 다른 언어로 의사소통을 할 수 없었다면 불가능한 스토리였기 때문이다. 남들과는 다른 감상을 얻더라도, 한 개인에게만은 아주 실천적인 지점까지 이어질 수 있다는 점이 글의 참매력이 아닐까. 내게는 이 책이 뜬금없이 나의 의지를 만들어낸 좋은 글이 되었다.

이런 과정을 거쳐 나는 휴학을 했던 한 학기 동안 나의 의지로 하는 일들을 하며 지냈다. 이때는 수능 공부 중에 나오는 국어와 영어 지문조차도 좋은 내용들로 가득했다. 매일같이 영어 학원을 가는 길도 참 행복했다. 나의 모든 세포가 이곳저곳 숨어 있는 아름다움에 일일이 반응하는 것 같았다. 뭔가를 배운다는 건 굉장히 즐거운 일이라는 걸 처음으로 알게 되었다. 배움에 대한 사고방식이 바뀌자 호의를 가지고 받아들일 수 있는 것들이 많아졌다. 물론 결과적으로는 나는 한 학기가 지나고 다시 신문방송학을 공부해야 하는 처지로 돌아왔다. 하지만 가장 중요한 건 내가 그만큼의 높은 기분을 느꼈다는 거다. 나는 행복도 경험이고 경력이라고 생각한다. 내가 이만큼의 행복을 느낄 수 있는 사람이란 걸 경험하고 나니까 이 기분을 지키고 싶어졌다. 그래서 지금도 여전히 내가 행복할 수 있는 길과 방법을 탐구한다. 지금은 그 길에서 글쓰기가 커다란 일부를 차지하고 있다.

다시 학교로 돌아가면서, 나는 이전보다 행복한 사람이 되었다. 아무 성과도 얻지 못했다. 하지만 그보다 값진 경험을 했고 그로 인해 내가 앞으로 무엇을 추구하며 살아야 하는지가 조금 더 명확해졌다. 개인이 삶 속에서 만들어내는 의미나 가치는 그 자신만이 오롯이 느끼고 안다. 숫자나 물리적 성과로 그것을 재단하려 해도 스스로 이 일이 충분히 의미 있음을 느끼고 나면 그 경험의 가치들은 잘려나가지 않는다. 지금 와서 생각해보면 그런 경험이 가능한 환경을 만들어준 부모님의 몫이 굉장히 컸다. 정서적으로, 경제적으로 나를 지지해주는 사람들이 없었다면 나는 지금과는 다른 모습으로 살고 있을 것이다. 고마운 환경과 내 의지가 만나서 이후의 나에게 엄청난 동력을 준 셈이다. 대학교를 다니면서 쌓였던 나의 회의적이고 비관적이던 시선은 어느 정도 부드러운 면을 띠기 시작했다. 아름다움을 경험했기 때문이다. 그리고 틈틈이 그 시선들을 글로 남겨두었기에 내가 쓴 글로부터 위로받는 순간도 참 많았다.

내가 생각하는 창조적인 삶은 그렇게 거창하지 않다. 대단한 예술작품을 창작한다는 뜻이 아니다. 자신이 즐거움을 느낄 수 있는 삶의 방식들을 자꾸 만들어내는 걸 의미한다. 모든 일이 즐거울 순 없지만 매사에 피곤함을 끌고 가는 사람과 그 안에서 즐거움의 요소를 발견해내는 사람의 에너지는 다를 수밖에 없다. 예전에 우연히 친구의 블로그를 봤다. 그 당시에 학교 수업에서 '나'에 대한 글쓰기를 하는 과제가 있었는데 그 과제를 친구가 자신의 블로그에 올려둔 것이다. 그 친구는 아주 작은 일에도 행복감을 느끼는 사람이었다. 지각을 하지 않아서 행복하다는 글을 보고 약간 충격을 받았던 기억도 난다. 너무 사소한 이야기로 보이겠지만 나는 그 친구로부터 많은 에너지를 받았다. 긍정적이고 유쾌한 사람들이 곁에 있다는 것만으로도 내가 뭔가를 할 수 있겠다는 의지가 생긴다는 걸 알았다. 그래서 나는 스스로 행복한 사람이 되고 싶다. 나의 행복을 찾는 사람이 되어서 사람들과 어울리고 싶었고 그 긍정적인 에너지가 연대했을 때 각자가 표출해낼 수 있는 역량이 배가 되는 경험을 하며 살고 싶다.

사람의 에너지가 연대한다는 표현이 참 좋다. 실제로 내가 이런 마음을 가지고 글을 썼을 때, 많은 사람들이 내게 자신의 에너지를 보여주었다. 글을 읽고 연락을 준 사람들 대부분 자신이 하고 싶은 일에 꾸준히 힘을 쏟고 있었다. 그래서 두 번째 책의 맨 뒤에는 이런 글을 썼다. "가깝지 않아도 지지하고 싶은 사람들이 있다. 내 글은 그들에게 갈 것이다." 언제나 자신의 모습을 만들려는 사람들을 응원하고 싶고 나 또한 그들로부터 응원받고 싶다. 글을 쓰는 일뿐만 아니라 다른 형태의 예술이나 학업 등 모든 분야에서 사람들이 느끼는 희열감은 비슷한 형태를 띠는 것 같다. 나는 말 그대로 텍스트에 민감한 사람이다. 하나의 글이 무너진 나를 살리기에 충분하다는 뜻이다. 그리고 글이 가진 서사나 분위기에 따라 나의 일상이 며칠 동안 우울하기도 하다. 그런 나는 '글'이라는 방식으로 내가 가진 가장 섬세한 부분들을 꺼내서 표현할 수 있다는 것을 알기 때문에 글을 쓰는 것이다. 사실 어떤 뜨거운 기분을 느끼거나 깨달음을 체득하는 건 한 종류의 경험으로만 가능한 게 아니다. 내가 글을 쓰면서 느끼는 기분들을 음악을 하는 친구도 느낀다. 그림을 그리는 사람들도 느낀다. 아이들을 가르치는 선생님도 느낄 수 있다. 우리는 서로 다른 길을 통해서도 공통적인 즐거움의 맛을 안다. 결국 글도 그 과정을 만들어낼 수 있는 중요한 수단 중 하나이다. 그래서 내가 글을 쓰면서 즐겁고 강렬한 기분을 느꼈다고 해서 상대에게도 꼭 글쓰기를 권하고 싶지는 않다. 자신이 가장 몰입할 수 있는 것을 찾으면 된다. 개인에게 맞는 경험을 찾고 그만큼 다양한 사람들의 긍정적인 에너지가 끊임없이 공유되고 교차되길 바란다.

건강한 사고방식으로 살기

지금의 내가 가장 멋지게 보는 사람들은 건강한 사고방식을 가진 사람들이다. 자신의 사고방식을 점검하는 일은 어른이 되어갈수록 의식적으로 노력해야 하는 일 중 하나라고 생각한다. 우리는 너무나 자연스럽게 타성에 젖다. 그 와중에 자신만의 철학을 만들어가면서 동시에 자신의 것을 무너뜨리고 기꺼이 수정할 만한 열린 마음을 가진 사람들이 있다. 사실 글쓰기는 자신의 사고방식을 점검할 수 있는 좋은 수단이다. 시나 짧은 단상을 적는 것 이외에, 일기처럼 쓰는 글이 있다. 오늘 하루 뭘 했는지 적는 일기가 아니라 내가 무슨 생각을 하고 있으며, 무엇 때문에 부담감을 느끼고 있는지 알기 위해 적는 글이다. 이러한 글을 쓰다 보면 객관적으로 내가 어떤 비뚠 생각을 가지고 있었는지 보인다. 그리고 특정 상황에서 내가 얼마나 자연스럽게 부정적인 생각으로 빠지는지 알 수 있다. 예를 들어 '아 내가 이런 상황에서 매번 쓸데없는 질투를 느끼는 사람이구나.', '내가 너무 쉽게 사람들을 판단해서 나도 누군가에게 평가당할 거라고 자연스럽게 생각하고 신경 쓰는구나.'를 인식하고 나면 조금씩 그 습관을 버리게 된다. 이렇게 글을 쓰면서 나의 모습을 발견하고 건강한 생각들을 지키려고 노력한다. 그래서인지 내 시나 짧은 글에도 유독 '-하고 싶다.'라는 소망의 문체가 많다. 그러니까 글은 내가 나의 고귀한 모습들을 지키기 위한 중요한 활동이다. 요즘 내가 새로이 구축해나가고 있는 사고방식을 이야기하고 싶다. 여기에 남겨두는 것 또한 내가 생각하는 '근사한 나'를 지키기 위한 일인지도 모른다.

첫 번째는 경쟁에 관한 것이다. 나는 평가 체제에 들어가는 걸 굉장히 꺼린다. 경쟁 시스템에서 나의 마음은 한없이 나약하다. 경쟁을 통해 누군가는 능력을 최대치까지 끌어낼 수도 있지만, 나는 경쟁에서 내 역량을 펼치지 못하는 사람이다. 호의적인 분위기가 주어져야 훨씬 더 많은 능력을 끌어낼 수 있다. 기본적으로 나는 모두가 잘할 수 있다는 생각을 당연시하며 산다. 우리는 흔히 모두가 잘하면 나 자신이 손해보는 세상에서 살고 있지만, 최대한 그 논리가 끼어들지 않는 환경과 가깝게 지내고 싶다.

내게는 독립출판이 어느 정도 그 역할을 해주는 것 같다. 항상 평가보다는 표현이 먼저여야 한다고 생각하는데, 독립출판은 그런 측면에서 하나의 훌륭한 장이 되어줬다. 처음으로 쓴 작품들이 서투르다고 해서 표현의 기회를 박탈당하는 곳이 아니기 때문이다. 그래서 독립출판을 통해 나의 문장을 표현하면서 얻은 커다란 생각은 '경쟁은 없다.'는 것이다. 타인과 경쟁하지 않는다. 그저 다양한 취향이 있고 그에 대한 수요가 있다. 사실 나는 인정욕구가 강한 편이다. 다른 사람의 눈치를 많이 보고 한마디 말에도 날아오르고 반대로 한마디에 주저앉기도 하는 사람이었다. 그래서 타인이 나를 평가하는 시선에서 극심한 스트레스를 받곤 했다. 이런 내가 조금씩 새로운 사고방식으로 살고 있다.

최근에는 내가 제일 못 쓰는 분야의 글을 배우기 위해서 합평하는 워크숍을 등록했다. 여러 사람이 글을 쓰고 피드백을 받았으며 매주 제일 좋은 글이 뽑혔다. 원래의 나였으면 무진장 스트레스를 받았을 거다. 하지만 요즘은 '경쟁은 없다.'고 의식적으로라도 되새긴다. 경쟁에 휘말리지 말고 나의 '성장'에 초점을 맞추기로 했다. 그러면 나는 그 안에서도 나만의 속도를 찾을 수 있고 내 성장의 궤도를 내가 조절할 수 있을 것이다. 이제 나에게 경쟁은 타인과 하는 게 아니라 과거의 나와 하는 일이 되어가고 있다. 결과를 떠나서 내가 조금이라도 성장했다고 느끼면 나는 만족하고 기분이 좋아진다. 그리고 칭찬을 받아도 내가 성장한 것을 느끼지 못하면 들뜨지 않는다. 정말로 이 사고방식을 몸에 새기면서 훨씬 건강하고 단단한 사람이 되었기 때문에 다분히 자기계발서 같은 이 말을 꺼낸다. 말은 쉬워 보이지만 경쟁구도를 띠는 사회와 교육체계 속에서 자라온 우리가 체화된 것을 파내고 다른 시선을 가지는 건 어려운 일이다. 인정욕구가 강한 나는 정말 이 일이 어렵지만 그래도 더 건강한 방식이란 걸 알기에 의식적으로 새로운 사고방식을 새겨 넣는다. 단순히 타인의 인정이 아닌 성장에 초점을 맞추기 위해서 내가 제일 자존심 상하는 순간을 이용한다. 무슨 일 때문에 자존심이 상하면 나는 그일을 배우려 한다. 합평 수업의 첫 번째 과제로 나는 혹평을 받았다. 자존심이 상하기도 했고 또 한편으로는 내가 과거에 정말 싫어하던 글쓰기 형태가 나의 현재 글에 담겨 있어서 놀라기도 했다. 경험하는 폭이 넓어지면서 글이 성장하기도 하지만, 이렇게 자존심 상하는 피드백을 받고 난 뒤 그것을 수용하고 글에 녹여내면서 이루어지기도 한다. 한 사람의 단단함은 부정적인 감정에 머리채 잡히지 않을 때 비로소 가능해진다. 감정이 나를 압도하게 두지 않고 내가 그 감정이 가진 힘을 생산적인 방향으로 바꿔서 역이용하는 것이다. 하지만 언제나 더 우선시돼야 할 것은 평가 이전에 먼저 충분히 표현할 수 있는 환경이다. 나는 독립출판물을 통해서 그 환경의 혜택을 받았고 그래서 조금 더 단단한 마음가짐을 가진 상태였기 때문에 불편함을 무릅쓰고 내가 더 배울 수 있는 일에 도전한 것이다.

두 번째는 냉소를 덜어내는 일이다. 어른이 되면서 '아 이거는 배우지 말아야지.' 싶었던 것은 남이 하는 일을 아니꼽게 보는 시선이다. 우리는 다른 사람의 즐거움을 쉽게 폄하하고 고깝게 본다. 자신의 가치 기준으로 다른 사람의 행동을 평가하려 한다. 그리고 그런 시선을 가진 나 자신을 발견하는 날은 많이 우울해진다. 그런 나를 발견할 때마다 글을 적는다. 자꾸 인식하지 않으면 너무나 자연스럽게 우리는 불행한 사고방식을 고정시키게 된다. 내가 시 쓰는 걸 좋아하고 책을 냈다고 말했을 때 누군가는 그것을 꼴값이라고 칭했다. 그 시선이 참 불행해 보였다. 우리는 대개 자신이 경험해보지 못한 행복을 쥐려 하지 않는다. 스스로 행복의 경로를 막으면 그러한 종류의 행복에 들어갈수 없다. 남의 행복을 따라 할 필요는 없지만, 그 길을 티 없이 멋지게 바라볼 때 무언가 본받을 수 있다고 생각한다. 그래서 덤덤하게 말했다. "이것저것 해보는 게 멋있는 거죠."

사실 나를 잘 아는 친한 친구들은 내가 하는 일을 진심으로 축하해주고 멋지게 봐준다. 웃음이 필요한 순간에 결코 조소를 머금지 않는 사람들이다. 그래서 나도 그들의 맑은 면을 배워 늘 누군가의 일을 멋지게 보려고 한다. 개인이 즐거워서 하는 일을 비하할 권리는 어느 누구에게도 없다고 생각한다. 건강한 사고방식을 위해서는 그런 사람들은 곁에 두려고 노력해야 하고, 또 스스로를 자꾸 점검해야 한다. 글을 쓰고 독립출판을 하면서 그러한 건강한 사람들을 더 많이 만나게 되었다. 그래서 이제는 느슨하게나마 서로에게 응원을 보내는 관계들이 생겼다. 건강한 사람들을 곁에 두기 시작하고 영향을 받아 내가 변화하면, 사람은 연결체이기 때문에 곧 그런 사람들이 나의 환경이 된다.

'쓰는 나'와 아무 수식어도 붙지 않은 '나'를 구분해야 했다

독립출판을 통해 나의 글을 불특정 다수에게 내놓는다는 것은 큰 용기이다. 나는 마음에 드는 글을 읽으면 자연스레 그 글을 쓴 사람을 떠올린다. 때문에 처음 책을 만들겠다고 다짐하고 글을 바깥으로 내보낼 때, 정말 많이 부끄러웠다. 나의 글을 남에게 보여주는 건 발가벗은 기분과 같다. 사람들이 글을 읽는 내내 나를 읽는 것 같다. 사실 이런 고민은 나도 누군가에게 물어봤었고, 내가 받았던 질문이기도 하다. 결론적으로 글을 계속 쓰기 위해서는 '쓰는 나'와 아무 수식어도 붙지 않은 '나'를 구분해야 했다. 내가 쓴 글은 나와 아주 긴밀하지만 모든 부분이 정확히 일치하지는 않는다. 이런 생각을 가지고 나서야 나도 더 다양한 글을 쓸 수 있게 되었다. 내가 쓰는 글이 곧 나를 그대로 대변한다고 생각하면 쓸 수 있는 글은 제한된다. 보여주고 싶은 모습만 드러내기 때문이다. 그래서 쓰는 나와 그냥 나라는 존재를 구분해야 더 많은 것을 만들어낼 수 있고, 부진한 성과나 타인의 평가에 과하게 좌절하지 않는다. 이때 쓰는 나는 경험한 것보다 더 많은 것을 상상할 수 있다. 하지만 발휘되는 상상력에 너무 부책임하면 안 된다는 게 쓰는 나와 내가 정한 약속이나. 사유롭게 표현하는 것과 무분별하게 표현하는 것은 아주 다르다. 자유롭게 표현하면서도 누군가를 무시하거나 다치게 하는 지점이 없도록 항상 주의를 기울인다. 그 균형은 언제나 어렵지만, 꼭 필요한 과정이다.

쓰는 태도와 더불어 읽는 태도도 조금 바뀌었다. 사람의 성격과 생김새가 모두 다르듯이 사람이 쓰는 글도 모두 다른 매력이 있다. 그래서 글을 수준보다도 취향으로 생각하려 한다. 좀 더 깊이 있는 내용의 글을 좋아하는 사람이 있듯이, 가볍고 일상적인 글을 좋아하는 사람도 있다. 수준을 따지려는 마음이 아니라 취향으로서 존중하는 마음을 가질 때 더욱 다양한 글이 우리 곁에 남을 것이다. 그러니까 '좋은 글'이라고 불리는 것들이 하나의 형태로 고정되는 건 결코 좋지 않다. 다만 읽는 사람을 소외시키지 않는 글이 좋은 인상을 남긴다. 읽는 이가 글로부터 소외당하지 않고 오히려 글을 읽으면서 자꾸 스스로를 소환할 수 있는 글이 내가 생각하는 좋은 글이다. 내가 어떤 글에 오묘하게 겹쳐 들어간다는 것, 그 자체가 글이 우리에게 주는 은근한 위로일 것이다.

내 생각을 조립하는 사람이고 싶다

처음 책을 만들었을 때와 두 번째 책 사이에서 내 글쓰기의 가장 큰 변화는 무엇일까. 감정을 들여다보고 글을 쓸수록 지성에 대한 열의를 갖게 된 일이다. 쓰면 쓸수록 배워야 할 게 많다. 감정만 있는 글보다는 지성과 감정이 조화를 이루는 글이 좋아졌다. 지성을 쌓아서 지혜와 현명함으로 가는 것, 그게 내가 가장 가고 싶은 방향이자 쓰고 싶은 글이다. 사실 여러 분야의 지식이라는 건 단순히 정보를 받아들이는 것에서 나아가 체득했을 때에 비로소 우리의 실제 삶에 영향을 줄 수 있다. 나는 많은 정보를 받아들이는 사람은 아니다. 하지만 하나의 정보에도 내 생각을 조립하는 사람이고 싶다. 지성에 대한 욕구는 지식을 거들먹거리며 나를 뽐내기 위한 것이 아니라 실제로 나를 비옥한 사람으로 만들기 위한 것이어야 한다.

그래서 요즘 하고 있는 글쓰기 방법 중 하나는 '파생적 글쓰기'이다. 내가 이름 붙인 파생적 글쓰기는 무언가에 자극을 받았을 때 거기서 파생된 나의 생각을 글로 적는 활동이다. 사실 생각이나 통찰은 혼자 무한히 생겨나지 않는다. 항상 어떤 자극을 받아들일 때 그에 대한 반응으로 새로운 생각이 든다. 혹은 그 자극으로부터 연결고리가 생겨서 이전에 막연하게 가지고 있던 생각들을 정리할 수 있게 된다. 그래서 영화나 책을 보면서 와닿았던 구절을 적어놓는다. 이외에도 유튜브를 통해 강연을 종종 찾아보는데 강연 내용 중에서 내게 새롭게 느껴졌던 부분을 요약해놓는다. 그리고 그 아래에는 거기서 비롯된 나의 글을 쓴다. 영화나 책에 대한 전체적인 감상이 아니라, 거기서 뽑아낸 재료에 대한 나의 생각이나 의견이다. 이렇게 되면 '쓰는 나'는 개인의 생활 반경을 벗어나 보다 넓은 분야에서 재료를 찾을 수 있다. 그리고 물론 이렇게 파생되어 쓰인 나의 글은 정답이 아니다. 어쩌면 아무것도 아닐 수 있다. 하지만 나의 궤적을 만드는 일이라고 생각한다. 어느 세계의 중심에서 권력이나 부를 쥐고 있지 않아도 정신적으로 뒤처지지 않고 회전할 수 있는 힘은 사고와 즐거움의 역할이 아닐까. 실제로 이 글쓰기가 쌓이다 보면 사람들과 만나서 대화할 때 정돈해서 할 수 있는 말이 훨씬 많아진다. 주변의 자극으로부터 생각을 확장하고 정리해놓는 일은 그 사람을 비옥하게 만들어준다. 끊임없이 자신만의 철학을 만들고 수정하는 사람이 되고 싶다.

그리고 이 모든 과정을 거치다 보면 결국에는 단순함과 끈질긴 긍정이 최선이라는 결론에 닿는다. 그 상태로 돌아갈 때 가장 허무하면서도 가장 기분이 좋다. 생각의 무거움과 가벼움이 같은 크기로 중요시되는 게 좋다. 깊이가 필요한 시기에는 한껏 깊어지다가도 단순해야 할 때는 가볍게 툭 지나가는 게 내가 추구하는 균형이다. 상황에 맞는 깊이를 갖는 것도, 자폐적인 감정이 아니라 자신이 만들어놓은 깊이가 있어야 수월한 일이다. 그래서 쭉 단순하게 살지 못하고 생각을 확장하는 일을 주기적으로 하는 것이다.

타인의 슬픔을 들을 용기

글을 쓰면서 나의 시선이 확장됨을 느낀다. 과거에 그저 나만 행복하게 살면 된다고 생각했던 마음이 이제는 자주 불편해진다. 나의 행복을 챙기는 건 여전히 나지만, 나를 행복하게 만드는 사람과 환경이 사실은 정말 운 좋게 내게 주어졌다는 사실을 알게 되었다. 내가 잘나서 가진 것들이 아니구나. 이런 생각을 하고는 이 감사함을 낮은 자세에서 차분한 감격으로 받아들이기 시작했다. 어느 순간 낮은 자세가 되면 더 많은 것들을 짊어져야 하는 무게감이 생긴다. 나의 안위만 생각하던 내가 이제는 연대를 생각하는 사람이 된 것이다. 글을 읽고 쓰기 시작하면서 세상에 너무 많은 형태의 슬픔이 있다는 사실을 봐야 했다. 타인의 아픔을 보면 내 행복이 철없는 날도 많다. 그래서 글을 쓰고 시선이 넓어지면서 나는 불편해진다. 타인을 생각하고 이해한다는 것은 그 과정에서 나의 한구석이 무너질 수도 있다는 말이다. 그렇지만 무너짐을 겪고 조금이라도 서로 다른 아픔들을 더 잘 이해하게 된다면 우리의 무너진 구석들은 다져질 것이다. 이러한 불편함을 감수하고라도 더 넓은 사람이 되고 싶다는 욕심이 생긴다.

그래서 이제는 내가 가진 부드러운 문체에 더하여 단단한 글을 쓰고 싶다. 내가 생각하는 문학의 단단함은 불편하고 낯선 시선을 피하지 않는 것에서 온다. 때로는 현실 앞에서 가장 날카로워야 하고, 날카로움으로 부조리 앞에서 '뜬 눈'을 유지해야 한다. 결국에는 그 곧은 시선이 사람다운 마음에 가닿았으면 좋겠다. 흔히 문학의 표현들을 감성적이라고 생각할 수도 있다. 하지만 문학이 현실을 디디고 있는 한 그것은 감성의 영역만이 아니다. 처음으로 아름다운 표현만이 시의 전부는 아니라고 느낀 건 김수영 시인과 송경동 시인의 시를 읽고 나서다. 두 시인의 시를 읽으면서 이들의 세상에서만큼은 언어로 형용하지 않아도, 피곤에 지쳐 말로 표현할 수 없게 되더라도, 웅숭그린 사람의 존재 자체가 힘을 가진다는 것을 알았다. 송경동 시인의 시에는 사회에 대한 비판과 욕지거리들이 가득하다. 하지만 그것으로 하여금 읽는 이에게 메스꺼움을 전하는 것이 아니라, 어떤 끓어오름을 함께 느낄 수 있는 열을 내주었다. 글 속의 사람들을 응원하고 싶었다. 그는 처절한 환경 속에서 수없이 무너져가며 살아왔지만 세상이 건넨 경이로움을 발견할 수 있는 역량을 가진 사람이었다. 배움과 사랑을 가치 있게 생각하는 사람이었다. 그는 말했다. 우연히 오게 되었지만 세상은 참 아름다운 곳이었다고. 그의 시를 통해 보이는 현실은 결코 아름답지 못한데도 그는 세상을 아름다운 곳이라 말한다. 나는 이 사람의 시선이 좋다.

그러나 이제는 억눌려 있던 것의 폭발과 분출에서 나오는 공격성이 문화의 한 부분을 이루고 있다. 때로는 공격성이 작품성이 되기도 한다. 사실 겪어보지 않은 상처에 대해서 공격성을 운운하며 불편함을 표하는 것 또한 조심스럽다. 그런 의미에서 나는 발설할 용기보다 들을 용기가 필요한 사람이다. 작품 속에 흘러나올 수밖에 없었던 화자와 그의 시선을 나는 열심히 들어야 한다. 다만 그 와중에 문학이 누가 더 처절했는가를 겨루는 곳이 되지는 않길 바란다. 사회 곳곳의 상처가 드러나면서 시발점이 생겼다면 그것을 변화의 과정으로 이끌고 가는 것이 문학의 여러 역할 중 하나이다. 과정을 형성하지 않고 시발점이 품은 공격성과 강렬함에 빠져들어 더 처절한 것을 보여줘야만 할 것 같은 분위기로 가서는 안 된다. 세상을 뒤바꿀 수는 없어도 그 방향성을 끈질기게 노래해야 한다. 그렇다면 우리는 문학을 읽으면서도 실천을 위한 의지를 만들어낼 수 있을 것이다. 그 의지로 일으켜 세워진 마음을 가지고, 인간으로서 당위를 쉽게 무너뜨릴 수 없는 사회가 되길 소망한다. 그래서 나는 글을 쓰기 시작하면서 끊임없이 배우고 싶어졌다. 나를 행복에 휩싸이게 하는 것들을 배우고 싶고, 나를 아프게 할 게 뻔하지만 그럼에도 불구하고 불편하고 낯선 것들을 배우고 싶다. 그 안에서 단단한 글을 쓰고 싶다.

이렇게 읽고 쓰고 배우는 것들을 가지고 우리는 자꾸 글 밖으로 나와야 한다. 결국 언어는 읽는 사람이 종이 밖으로 나갔을 때 힘을 발휘하기 시작한다. 그러다 보면 내가 쓰는 것과 사는 모양이 아주 동떨어지지는 않을 것이다. 나는 대부분 맑은 마음을 가지게 됐을 때 글을 쓴다. 그래서 실제로 내가 생활하는 모양은 내 책에 담긴 글보다 미성숙할 것이다. 생활 속에서는 늘 내가 써놓은 마음들로부터 멀어지는 어려움을 겪는다. 그럴 때마다 글로 남겨놓은 것이 걸림돌이 된다. 어려운 와중에도 내가 행동하는 데 있어서 걸림돌을 만들어주는 그 '쓸'이 고맙기도 하다. 어느 집단에 속하고 사회생활을 하다 보면 누구든 휩쓸리고 싶지 않은 마음이 하나 둘 있을 것이다. 그 속에서 너무나 빠르게 물들지 않고 사람다운 마음을 지켜내는 일은 자꾸 걸리는 마음에 기꺼이 넘어져야만 가능하다. 어쩔 수 없다고 표현하면 더 이상 할 말이 없는 일들. 그 어쩔 수 없는 영역들을 자꾸만 어떻게 해보려고 바둥거리는 것이 내가 쓰는 이유인 것 같다. 내가 가졌던 맑은 마음들이 문장으로 남아 있기 때문에 나의 행동을 조금 더 바르게 바꾸려는 의지가 생긴다. 자꾸 걸려 넘어짐으로써 개인의 행복과 연대 사이의 균형을 찾을 수 있다면 기꺼이 넘어질 생각이다.

나에게 없는 처절함

그런데 치명적인 상처가 있어야만 글을 쓸 수 있을까? 사진을 전공하던 친구의 자취방에 앉아 이런 이야기를 나눈 적이 있다. 치명적인 아픔이 없다면, 비극적인 사랑의 슬픔이 없다면, 나는 무엇을 드러내서 쓸 수 있을까. 너는 무엇을 찍어야 할까. 상처를 토해내는 것이 훈장이 되는 환경이라면 나는 글쓰기에 있어서 너무나 미비한 재료를 가진 사람이다. 내가 비극적인 사건을 겪지 않았다는 사실에 열등감을 느끼는 건 참 이상한 일이라고 생각했다. 단지 운이 좋아서 나는 나름의 정제된 환경에서 거칠

지 않은 사람들과 어울려 자랐다. 다만 모든 개인이 겪듯이 내게
도 정서적으로 어두운 시기가 찾아오곤 했다.

　지금의 나는 처절함에 대한 비명을 지르지 않고서도 나만이
쓸 수 있는 글이 있다고 믿는다. 내가 쓰는 글은 폭로도 없고 적
나라한 상처도 없다. 다만 혼란스럽고 아픈 일 옆자리에 놓이고
싶다. 자극적이고 혼란스러운 세상에서 무해한 글이 되고 싶다.
만연해 있는 허무감 옆에 꾸준히 자리하고 싶다. 이제는 빛을 들
고 나가면 상처와 우울 앞에서 빛이 부끄러운 세상이다. 그럼에
도 불구하고 연약하더라도 여전히 빛을 이야기하는 이유는 내가
긍정적인 경험을 했기 때문이다. 내가 경험한 따뜻한 사람들과
사랑을 온전히 전하는 것도 나의 몫이라고 생각한다. 그래서 나
는 증오하는 것들을 자주 쓰지 않는다. 무언가에 분노하고 증오
한다는 건 그만큼 소중히 여기는 것이 침범당했다는 뜻이다. 그
순간에는 두 가지 태도를 취할 수 있다. 분노를 언어화하는 일,
이제는 위태로워진 소중한 것을 언어로 끈질기게 잡아두는 일.
내 표현의 취향이 후자일 뿐이다. 정답은 없지만 나는 분노를 언
어화하기 시작하면 내가 그 속에서 스스로 더 큰 아픔을 느끼는
사람이라서 다만 지켜야 할 것을 자꾸 쓰는 일을 한다.

　글쓰기를 좋아하기 이전에, 지금은 제목도 기억이 잘 안 나는
책에서 인간의 영혼은 원래 풍요롭다는 식의 구절을 본 적이 있
다. 내게는 이 문장이 꽤 강하게 닿아서 이때부터 쭉 인간은 원

래 풍요로운 존재라고 생각해왔다. 그래서인지 나는 내가 알고 있던 '인간적이다'라는 의미를 붕괴시키는 사건들을 보면 며칠을 힘들어한다. 사건 트라우마를 많이 겪는다. 상식적으로 일어나서는 안 된다고 생각하는 일들이 실제로 발생하면 자신과 직접적인 관련이 없더라도 감정적으로 심하게 동요되는 것을 사건 트라우마라고 부른다. 곳곳에서 터져 나오는 슬픔을 보면 사람이 사람을 해한다. 그럴 때는 인간이 결핍되고, 나약하고, 이기적이기만 한 존재인 것 같다. 하지만 이에 대한 정답은 없다. 총체적으로 우리는 풍요롭고, 결핍되고, 이기적인 모든 모습을 가지고 있다. 그렇기에 우리가 어떤 경험과 만남을 통해 어느 쪽에 시선을 가지는지가 중요하다. 이렇게 놓고 보면 우연히 만난 한 문장이 본인에게 얼마나 큰 영향을 미치는지 알 수 있다. 나의 경험상 (아직은) 그렇다고 생각한다. 만약 내가 인간이 풍요롭다는 생각을 만나지 않았다면, 과연 풍요로운 인간이 가능하다는 전제하에 부단히 나를 가꾸는 일을 지속할 수 있었을까? 삶을 바라보는 하나의 시선을 글로 남겨두는 것은 이만큼 힘을 가지기 때문에 신중히 이루어져야 한다.

내가 생각하기에 글의 힘이란 건 사람에게 닿아서 그의 의지를 한 톨 건드리는 데 있다. 세상과 분리되었다고 느끼는 무력한 사람이 다시 생활 속으로, 그 요란하고 유난스럽게 여겨지던 곳으로 들어가 한구석의 아름다움을 발견할 의지 말이다. 나와 타이밍이 맞았던 글들이 내게 그런 힘을 보여줬다. 어렴풋이 간직하던 나의 생각들을 지지해주는 글들을 책 속에서 발견할 때마다 나는 얼마나 벅찼는지 모른다. 생각해보면 그 모든 내용들 속에는 생명력이 있었다. 무언가를 비관하고 사회라는 거대한 환멸앞에 무력감만을 드러내는 글에서 내적 흥분을 느끼지는 못했다. 나는 무언가 생명력을 띠고 있을 때 아름다움이 드러난다고 생각한다. 글을 쓸 때도 그런 아름다움을 발굴하는 일은 내게 매우 중요하다. 내가 정의하는 아름다움은 넘어섬의 경계에서 트여 나오는 것이다. 누군가 상처에 몸부림치다 상실에 닿았다가 혹은 상실이 덮쳐와 상처에 몸부림치다 다시 '삶'의 경계로 넘어올 때, 그때 아름다움의 결이 조직된다. 무기력의 상태에서 활력으로 넘어올 때 나오는 그 단단한 생명력이 적어도 내게는 아주 매혹적이다. 그래서 글 속에 자꾸 숨을 불어넣고 싶다. 생기를 넣고 싶고 소란하게 '같이' 어울려 살자고, 우리가 겪는 뒤틀림을 이겨낼 마음을 단단히 먹어보자고 표현하고 싶다. 그렇지만 글은 억지로 뭔가를 일으켜 세우려고 하지 않아도 읽는 사람과의 호흡에서 그 사람이 일어나게 되는 은근하지만 강한 것이다.

자연을 쓴다는 것은 공감보다는 교감의 영역이다

처음 글을 쓰기 시작할 때 특히 자연으로부터 영감을 정말 많이 받았다. 한번은 한여름 기숙사 창문에서 보이는 나무를 한참 쳐다봤다. 햇볕이 강하고 바람이 부는 날씨였는데, 나뭇잎들이 빛을 받으며 흔들렸다. 그 반짝임이 끊임없이 내 시야에서 옮겨 다녔다. 잠시 고여 있는 시간을 보내던 나에게 그 생명력은 아주 큰 것이었다. 덧붙이자면 이때 어린 나는 '내 나무'라는 제목의 시를 써서 무작정 김용택 시인에게 메일을 보냈다. 당시에 내가 그분이 쓰신 에세이를 읽고 마음이 편안해졌기 때문이다. '좋은 책을 읽으면 그 작가에게 고맙다고 표현하기'라는 버킷리스트를 한 줄 지웠다. 그리고 나는 아직도 그분의 답장을 간직하고 있다. 답장에는 더운 여름에 대한 짧막한 안부가 담겨 있었다. 무시할 수도 있는 글에 대한 작은 답장이 내게는 정서적인 지지가 되었다.

본론으로 돌아와서 내가 자연을 섬세하게 쓸 수 있는 이유는 나의 어린 시절에 있다. 내가 두 살 때 우리 가족은 귀농을 했다. 어린 나는 고추 밭에 가면 고추 노래를 지어 부르고, 감자 밭에 가면 감자 노래를 지어 불렀다. 그렇게 열두 살이 되기 전까지 산꼭대기에서 부모님의 농사일을 도우며 자랐다. 자연에 파묻혀 살면서도 우리는 여름마다 꼭 산으로 바다로 여행을 다녔다. 끊임없이 자연과 교류하며 지낸 셈이다. 나는 크면서 자연에서 얻을 수 있는 것들을 깊이 느끼고 인식하기 시작했다. 지금 생각해보면 산속에서 자랐던 나의 어린 시절이 이제 와서 힘든 시기를 지나는 나에게 자정 능력을 키워준 것 같다. 자연에서 받는 깊은 위로는 곧 내가 무언가를 표현해낼 수 있는 재료가 되었다. 더불어, 자연에서 위안을 얻다 보면 저절로 겸손해진다. 그 앞에서 나는 너무나 작다. 눈에 다 담을 수도 없는 광활한 자연을 보

고 있으면 숨이 고요해진다. 사소하고 쪼잔하게 굴던 나의 마음
씀씀이들이 부끄럽다. 그러니까 거대 자연 앞에서 나는 너무 작
은 사람이라 그 부끄러움에 결국 치졸한 것들을 버리고 더 큰 마
음가짐을 갖게 된다. 사람의 마음이 크다는 건 사소한 걸 비운다
는 뜻과 같다.

자연을 쓴다는 것은 공감보다는 교감의 영역이다. 자연과의
교감을 통해 하나의 글이 써지면, 읽는 사람은 그 글과 교감한
다. 누군가에게 풍경을 체험하게 하는 것이다. 최근에 문태준
시인의 시를 읽는데, 얼마나 묘사가 섬세한지 그의 풍경이 나에
게도 생겼다. 이것은 나만의 풍경이다. 그가 썼고 내가 교감했
지만 그와 나의 것은 다르다. 그래서 우리가 교감한 것은 계속해
서 다양한 형태로 재생산된다. 글자는 고정되어 있지만 그 글로
인해 우리가 간직할 수 있는 풍경은 그 글을 읽고 느끼는 사람의
수만큼 만들어진다. 정말 매력적이지 않은가.

지금 말하고 있는 자연과의 교감은 고대에 그랬던 것처럼 자
연에 신이 깃들어 있다는 식의 이야기는 아니다. 자연은 생명력
을 가지고 그 생명에는 질서가 있다. 그래서 이를 통해 정서를
다듬고 지혜를 배우는 것을 뜻한다. 자연이 가진 속성과 사람이
관계 맺을 때 갖는 속성들을 한 톨씩 엮으면, 인간관계의 지혜를
배울 수 있는 장은 무한히 넓어진다. 그런 면에서 숲은 경이로움
을 준다. 숲을 이루는 나무를 들여다보면 같은 색이 하나도 없

다. 초록색조차도 다 다른 초록이다. 사람도 그렇다. 사람은 무수히 많고 무리 지어 집단에 속하지만 개개인은 모두 다르다. 나무는 모여 숲이 되어서도 자신의 뿌리를 뽑지 않지만, 사람들은 종종 '우리'가 될 때 나 자신을 잃는다. 나를 너와 동일하게 맞추거나, 네가 나에게 속하도록 하기 위해 노력한다. 그리고 이 편협한 노력에 발등이 찍히는 법이다. 이렇게 자연 속에서 사람 사이의 일에 적용되는 사실들을 발견할 때, 나는 아주 큰 즐거움을 느낀다. 사실 이것은 우리의 치밀한 끼워 맞추기로 보일 수도 있으나 시선의 발견이라고 칭하고 싶다. 그리고 사람 자체가 자연의 일부라는 점도 어느 정도 이에 대한 뒷받침이 될 수 있다.

사랑에 대하여 쓸 때

나는 사실 사랑 이야기만 담겨 있는 글을 좋아하는 편은 아니다. 그래서인지 사랑에 관해 쓸 때 가장 조심스럽다. 함부로 쓰지 못하는 이유는 나의 경험치가 얕은 탓이기도 하고, 나의 서툰 글이 또 하나의 주입된 서사를 만들까 봐 무섭기 때문이기도 하다. 우리는 나도 모르는 새에 드라마나 영화 등을 통해 주입된 연애 서사를 가지고 있다. 미디어나 책에서 나오는 사랑 이야기를 보면 만남과 헤어짐의 과정 속에 패턴화 되고 고정된 것들이 있다. 물론 현실을 기반으로 그런 서사가 만들어지는 것이기 때문에 완전히 일방향적으로 미디어가 우리에게 '마땅히 이렇게 될 수밖에 없는 사랑의 모습'을 주입한다고 단적으로 말할 수는 없다. 하지만 영화나 드라마 그리고 나의 주변에서 일어나는 비극적인 패턴을 잘 관찰할 필요가 있다. 그리고 그 패턴이 내 생활에 드러날 때, 그 상황을 대처하는 방식을 조금은 틀어보면 어떨까. 관계에서 비극적인 패턴을 깨고 싶다. 내가 보고 들은 연애 서사와 실제 나의 사랑은 다를 것이며, 달라도 된다. 영화나 드라마에 나오는 사랑 이야기는 갈등을 필수 요소로 한다는 것을 잊으면 안 된다. 하지만 현실에서는 갈등을 고조시키지 않고 잘 다듬는 것이 가장 지혜로울 것이다. 그리고 이 모든 것은 혼자만의 아등바등이 아닌, 함께 노력하는 아등바등이 되어야 한다. 나의 경우에는 큰 갈등을 겪는 순간에 패턴을 조금씩 비틀어서 우리만의 모양으로 사랑을 일구려는 노력을 할 때, 그 전환점에서 가장 단단한 글을 쓰곤 한다. 그리고 그 전환점을 만들기 위해서는 나의 격한 감정을 다듬어야 한다. 이때 하는 일도 글쓰기다. 남에게 공개하는 글이 아니라, 내 마음을 섣부른 감정에서 빼내기 위해서 쓰는 나와의 대화이다.

사실 요즘은 사랑이 보여온 낭만성에 대한 회의적인 시선이 많아지고 있다. 이제는 많은 시 속에서 사랑을 굉장히 파괴적인 것으로 표현하기도 한다. 어느 정도는 동의한다. 나와 다른 타인을 만나 이해하려는 마음은 원래의 나를 일부 무너뜨리고 다시 축조해야 가능하기 때문이다. 하지만 나는 사랑의 낭만성을 완전히 부정하는 자극적인 글을 쓸 수는 없다. 사랑은 한없이 부드럽기만 한 것도 아니지만, 그렇다고 해서 사랑이 가지는 낭만성이 허구라고 할 수도 없다. 다만 그 낭만성을 하나의 모습으로 고정하면 우리는 위태로워진다. 영화 같은 장면을 연출하는 것만이 모든 사랑의 낭만은 아니다. 누군가에게는 서로의 못난 모습을 고백하고 함께 쓸어 담는 일들이 낭만일 수 있다. 영화 〈퐁네프의 연인들〉에서처럼 가장 누추한 모습으로 거리를 누비는 것도 그들의 낭만이다. 이렇게 사랑은 정의 내릴 수 없을 만큼 복합적이다. 그래서 단순히 사랑을 믿는다 안 믿는다라는 단적인 말로 가치관을 드러낼 수 없다고 생각한다. 다만 좋기도 하고 나쁘기도 한 복합적인 모습을 온몸으로 맞아보려는 용기를 가졌으면 좋겠다.

나는 사랑을 쓰더라도 '관계'에 관한 좀 더 밀도 높은 글을 쓰고 싶다. 나와 참 많이 다른 타인을 어떻게 바라볼 것인지, 사랑하는 시간이 쌓인다는 건 얼마나 많은 요철을 정성껏 지나와야 가능한 일인지 말하고 싶다. 우리가 무너진 시간을 잘 넘기고, 그 넘어감에서 나오는 단단하고 아름다운 것을 쓰고자 한다. 그래서 내가 원하는 글을 쓰려면 나는 그만큼 살아내야 한다. 사실 나는 참 많이 흔들리는 사람인데, 누군가는 나의 글을 보고 굉장히 독립적이고 단단한 사람으로 생각한다. 나는 관계 속에서 가장 물러지고 그래서 많이 주저앉는다. 하지만 그 와중에 한 발을 기꺼이 내딛는 사람이다. 그 한 발을 딛는 순간을 글로 적고 그 마음을 남겨둔다. 갈피가 없는 이곳에서 글을 쓰면서 갈피를 세우는 중이다.

쓰는 행위를 존경한다

무언가를 지속하는 일이 모두 노력이라는 사실이 버거운 날도 많다. 타인에게 자연스러워 보이는 것들이 본인에게는 굉장한 노력이고 용기일 수도 있다. 자연스러운 것과 당연한 것은 다르다. 그러나 무진장 노력 하고 있다는 무거운 느낌 없이 행할 수 있는 우리의 내재적인 실천력 같은 것 또한 있다고 믿는다. 그 실천력을 가장 잘 끌어내는 것이 내게는 아직까지는 쓰는 일이다. 글쓰기는 나에게 여전히 비중이 큰 취미이다. 비중이 큰 즐거움이다.

첫 번째 책 이후로 글에 대해서 조금 더 진지한 태도를 갖게 되었다. 내가 어떤 일을 예상외로 잘하는지 그리고 어떤 글에 조금 더 강점을 가지고 있는지를 조금씩 알게 되었다. 그중에서 내가 어떤 글을 쓰고 싶은지 알아가는 게 제일 중요하다. 그 방향을 모르면 나는 자꾸 흉내를 낼 테니까. 여전히 고민에 고민을 거듭하며 찾아가고 있다. 그래서 요즘은 정말 나의 삶을 살고 있다는 생각이 든다. 이게 나의 모양이구나. 나는 나만의 모양을 만들어나가면서 행복을 자주 느낀다. 그러다 보니 다른 사람들이 살아가는 모습도 저절로 그들의 모양임을 깨닫고 존중하게 되었다. 박완서 선생님의 말 중에, 내가 중하니 남도 중하다는 말이 있다. 이제서야 그 말을 깊이 체감하고 있다. 언제나 진정성을 제일의 가치로 둘 것이다. 그래서 밥벌이 능력으로 가치가 정해지는 사회 속에서 돈이 되도 부끄럽지 않고, 돈이 되지 않아도 부끄럽지 않은 글을 쓰고 싶다.

이제 나는 쓰는 행위 자체를 존경하게 되었다. 글쓰기는 계속해서 나를 다잡아준다. 사실 예전에는 나를 지킨다는 데에 초점을 뒀었는데, 요즘은 탄성을 가지는 일이 더 중요하다고 생각한다. 생활을 하면서 마음이 무너질 일은 많다. 결이 맞지 않는 사람들을 만나면 주춤할 때도 많다. 그래서 내가 알던 나의 모습은 종종 구겨진다. 하지만 그걸 펴는 과정도 나의 영역이다. 이제 나는 늘 힘든 일이 있을 때마다 내가 썼던 글 몇 개를 떠올린다. 앞서 언급한 '나의 방'과 두 번째 책인『맑음에 대하여』에 실린 '서툴다'라는 시를 자꾸 되새긴다. 그러면 어느새 마음이 편해진다. 고귀한 모습의 내가 구겨진 모습의 나를 살릴 수 있다. 그래서 글을 씀으로써 나에게 자꾸 탄성을 만들어놓는 것이다. 그렇게 글은 천천히 나를 성장하게 도와주고 있으며, 더 넓은 경험을 해야겠다는 열정을 준다.

사실 쓰기에 대한 존경심을 잃어버리면 나는 더 나은 글을 쓸수 없다. 쓰는 일이 쉽다고 생각하는 시점부터 나는 더 못난 글을 쓴다. '이제는 내가 글을 좀 써봤으니…' 라는 마음을 가지는 순간, 내가 그렇게나 거부감을 가졌던 권위적인 글을 만들어낸다. 내가 말하는 권위적인 글은 자신을 우위에 두는 글이다. 그래서 언제나 나의 경계 대상 1호는 오만한 글이다. 보편적인 지혜를 조금씩 체감하면서 '내가 이런 걸 알게 되고 이 정도까지 느꼈구나.' 인지하는 사람들은 멋있어진다. 멋있어지다 오만해

272

지는 사람과 넘어짐을 딛고 더 멋있어지는 사람들이 있는 것 같다. 나는 자꾸만 그 경계에서 때때로 오만해진 나를 관찰하고 놀라서 멀어지려고 애쓴다. 영원히 애써야 할 것 같다.

글을 쓰는 것도 좋지만, 이렇게 쓰는 마음과 태도를 보여줘야 할 필요가 있다고 생각했다. 어떤 마음으로 세상을 보고 그것을 어떻게 언어로 내려놓는지 말이다. 세상에 글 잘 쓰는 사람은 많다. 좋은 책들도 정말 많다. 그중에서 어떤 글에 끌리며 결국 어떤 책들을 선택할까 생각해보면 나는 글을 쓴 사람 자체에 대한 호의가 있을 때 글이 더 잘 읽히는 편이다. 그래서 작가의 말만 보고 집어 든 책들도 여럿이다. 물론 글을 쓰는 마음가짐이 꼭 작품성과 직결되는 것은 아니다. 그렇지만 대부분 단어 선택이나 문장의 어조만으로도 사람의 온도가 드러나는 경우가 있다. 그 온도계가 비슷한 사람들이 저자와 독자로 혹은 그 이상의 긴밀함으로 묶인다.

글로 하고 싶은 것

사실 글을 쓰고 책을 내는 일 말고도 '글'이라는 콘텐츠를 가지고 하고 싶은 일이 정말 많다. 쓰는 행위 자체를 존경한다고 말했듯이 글쓰기가 사람에게 미칠 수 있는 긍정적인 영향이 분명히 있다. 그래서 신중하고 꾸준하게 무언가를 하고 싶다. 최근에는 독립출판을 했던 다른 작가분들과 함께 텍스트 전시를 열었다. 전시 주제에 맞게 이전에 썼던 글을 모으고 또 각자 새로운 글을 써서 전시를 준비했다. 사실 이 활동을 하지 않았다면 쓰이지 않았을 글들도 꽤 많다. 새로운 것에 도전함으로써 우리 개개인도 더 많은 것을 만들어낼 수 있었다. 그리고 전시를 보러 와주었던 사람들도 텍스트 전시는 생소한 일이라 흥미를 갖고 많은 양의 글인데도 진지하게 읽어주었다. 혼자 하던 일들을 누군가와 나눌 수 있다는 건 내게 추동력을 주는 일이다.

그 힘으로 올 11월에는 덜컥 프랑스 파리에 가게 되었다. 공모를 통해 지원받을 기회가 생겨서 새로운 일을 계획하고 있다. 비록 짧은 시간이 주어지지만, 전시를 같이 했던 친구들과 텍스트 버스킹을 기획했다. 그곳을 여행하며 영감을 받아 쓴 글들을 그 도시의 사람들과 나누려 한다. 이런 일을 왜 하느냐. 돈벌이와 무관하게 행복한 일이 있다는 걸 보이고 싶다. 꼭 직업이 아니어도 내가 하고 싶은 일을 즐길 때 나오는 긍정적인 에너지를 다른 사람과 공유하고 싶다. 일상을 조금 뒤틀어 그 틈에 멈춰 서게 하는 것, 그 잠깐의 멈춤으로 더 멀리 걸을 수 있는 힘을 주는 것이 일상 속의 예술이 아닐까.

글이 내게 전부는 아니다. 내가 가진 맑음을 해치지 않기 위해 글쓰기에 몰입하되 매몰되지 않으려고 노력할 것이다. 입체적인 사람이고 싶은 나는 앞으로 또 어떤 일들을 하게 될지 모른다. 그러나 무슨 일을 하든지 쓰는 즐거움을 확보할 생각이다. 그 즐거움을 원동력으로 나의 모양을 만들어나가면서, 그 에너지를 공유하고 싶다. 글로써 나와 가깝지 않은 더 많은 사람들과 만날 수 있다. 직접적인 연결이 아니더라도 우리는 서로의 삶을 한구석 살릴 수 있다. 누군가의 사랑과 기쁨에 동참하고 누군가의 그리움과 슬픔에 동참하는 것, 혼자만의 시간을 보내는 사람들을 결코 고립되게 하지 않는 것. 그게 글이 할 수 있는 일이다.

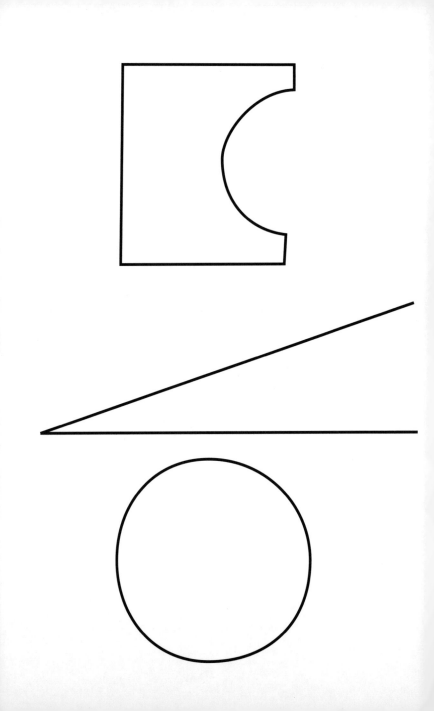

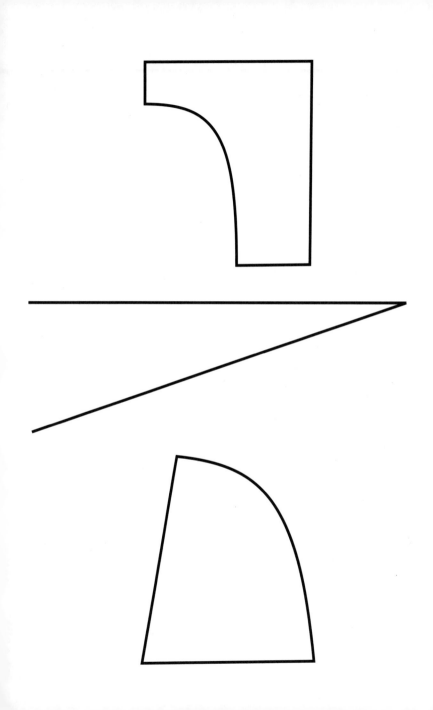

.

당신의 글을 시작해보세요

당신의 글은 어떻게 시작되었나요

1판 3쇄 발행 2023년 4월 5일

지은이	강준서, 구달, 김봉철, 김은비, 김종완, 안리타, 최유수
발행인	이상영
편집장	서상민
엮은이	이상영
디자인	서상민, 오진희
마케팅	박진솔
교정, 교열	안덕희
펴낸곳	디자인이음
등록일	2009년 2월 4일:제300-2009-10호
주소	서울시 종로구 자하문로24길 24
전화	02-723-2556
이메일	designeum@naver.com
블로그	blog.naver.com/designeum
인스타그램	instagram.com/design_eum

값 15,000원
ISBN 979-11-88694-34-1 03800